DANIEL TONETTO
CRIME
EM FAMÍLIA

Copyright © Daniel Tonetto.
Todos os direitos desta edição reservados à AVEC Editora.
Nenhuma parte desta publicação poderá ser reproduzida, seja por meios mecânicos, eletrônicos ou em cópia reprográfica, sem autorização prévia da editora.

PUBLISHER
Artur Vecchi

REVISÃO
Kátia Regina Souza

PROJETO GRÁFICO E DIAGRAMAÇÃO
Luciana Minuzzi

IMAGENS
Freepik (dgim studio, macrovector, nikapeshkov, vectorpocket), Pexels e Pixabay

---

T 664

Tonetto, Daniel
 Crimes em família : o crime / Daniel Tonetto. – Porto Alegre : Avec, 2022.

 ISBN 978-85-5447-094-4
 1. Ficção Brasileira   I. Título

                              CDD 86 9. 93

Índice para catálogo sistemático:
1.Ficção : Literatura brasileira 86 9. 93

Ficha catalográfica elaborada por
Ana Lucia Merege CRB-7 4667

3ª edição, 2022
2ª edição 2020 – independente
1ª edição, 2018 – independente
Impresso no Brasil /Printed in Brazil

Caixa postal 7501
CEP 90430 - 970
Porto Alegre - RS
www.aveceditora.com.br
contato@aveceditora.com.br
instagram.com/aveceditora

*Dedico esta obra à minha esposa,
Isadora Raddatz Tonetto,
por estar sempre ao meu lado.*

AGRADECIMENTOS

Não teria escrito este livro se não fosse o esforço incansável do meu ilustre amigo e colega Felipe Tonetto Londero, que desde o início serviu de crítico e revisor da obra.

Agradeço também ao meu amigo Armandinho Ribas por todo o apoio técnico, pelas dicas e pelos conselhos essenciais à finalização deste trabalho.

Daniel Tonetto

LIVRO 01

CRIME EM FAMÍLIA

O CRIME

SUMÁRIO

11	Fevereiro de 1985
41	Novembro de 1985
49	Abril de 1986
153	Agosto de 1986
173	Dezembro de 1986
183	Março de 1987
189	Epílogo

AVEC EDITORA

PREFÁCIO

Era uma vez um crime. Quatro famílias. Dezenas de vidas.

Muito além daquela que foi tirada, muito mais do que aquela que enfrentará o julgamento por seus atos, MUITAS são as vidas tocadas quando apenas UMA vida se apaga.

E o Dr. Daniel Tonetto, mestre no trato das Cortes, em seu primeiro romance nos leva para viver um pouco desse mundo que conhece tão detalhadamente. E nos convida a voltar no tempo – nos idos dos anos 1980 – para conhecer e assistir in loco o desenrolar de fatos, desencadeados pelo ato que originou o crime.

Nas páginas a seguir – de personagens sólidos, tão bem construídos por Tonetto –, vemos vidas que, de tão humanas, parecem, de fato, reais. Vivenciam-se ali as histórias de quatro famílias que, mesmo sem saber, se encontram, se cruzam e se entrelaçam na trama e nos levam por esse enredo cheio de significação e mensagens em sua narrativa.

O autor nos convida a embarcar em uma viagem que nos leva do extremo sul do Brasil ao velho continente, nos bairros de Lisboa.

Ele coloca na cena do crime não apenas vítima e assassino, mas arrasta consigo – desde a rua onde o corpo caiu até o tribunal onde serão julgadas culpa e inocência – todos os envolvidos, ainda que nada tenham feito.

Dramas pessoais, crises de consciência e uma riqueza de detalhes na condução da história nos levam por todo o processo, que somente quem conhece poderia descrever. Assim, Daniel Tonetto nos brinda com sua obra.

Longe de aqui querer dar veredito, convido o leitor a deixar-se envolver na trama. Ser de réu a jurado e vivenciar as reviravoltas que essa fantástica história nos oferece.

Nas próximas páginas tem um crime prestes a acontecer. E você será testemunha ocular de tudo a seguir.

Armando Ribas Neto
Publicitário

FEVEREIRO DE 1985

Era uma manhã ensolarada, o sol apareceu cedo, trazendo luz à escuridão de uma longa e quente noite repleta de estrelas.

Na véspera de completar cinco anos, o jovem Valentim iria enfrentar sua primeira aula. Sua mãe, Sofie, levou-o ao colégio em um Ford Escort 1984.

As antigas ruas daquela cidade no sul do Brasil exibiam buracos causados pela pressa com que foram construídas, em período de campanha eleitoral, para garantir mais votos ao candidato da situação, cena que frequentemente se repetia em todo o território nacional.

No caminho para a escola, Valentim exibiu uma expressão triste:

— A partir de agora vou ficar todos os dias fora de casa?

— Serão esses dias que te transformarão num homem de verdade, o teu comportamento no colégio é o que te fará ter uma vida de sucesso ou de fracasso.

— Mas por quanto tempo eu vou precisar ir para a escola?

— Espero que por quase toda a tua vida. Um dia, meu filho, tu vais entender que não existe nada mais importante do que o estudo.

— Como assim? — perguntou, quase perplexo.

— Com o tempo, compreenderás que na vida praticamente tudo é passageiro: os amigos, os amores, até mesmo os lugares; muitas dessas coisas se perde ou, quando menos se espera, a vida te tira. O estudo é o único bem que ninguém poderá roubar. — Vendo que foi longe demais, Sofie trocou de assunto, e continuaram o caminho para o colégio.

Existem frases que nos acompanham por toda a nossa existência, e, sem dúvida, essa foi um dos conselhos que mais influenciou a vida do garoto.

O trajeto durou aproximadamente mais cinco minutos. Sofie encostou o carro perante um prédio bonito e impecavelmente pintado, com um belo jardim à frente. Diante do portão de entrada, duas freiras esperavam pelos alunos que frequentariam a escola pela primeira vez. Era um colégio particular, quase um artigo de luxo para a maioria da população brasileira.

Naquela época, o Brasil passava por um período de grande instabilidade monetária e enorme recessão. Os índices de inflação eram absurdos, a ditadura militar estava por um fio, mas tudo isso pouco importava para a família de Valentim.

O menino nascera em uma família rica. O avô materno era um próspero fazendeiro que veio da Alemanha para fugir da Segunda Guerra Mundial; seu pai, um renomado advogado descendente de italianos; a mãe, uma dona de casa feliz que se dedicava a criar os três filhos. A política nunca fez parte da vida dessas pessoas.

Mal desceu do carro, duas freiras surgiram para recepcionar Valentim. Por um instante, Sofie pensou em arrancar o veículo e levar seu filho de volta para casa, mas, ao mesmo tempo, sabia que não poderia fazer isso, deveria criar o garoto para o mundo, e não para ela.

No momento em que as religiosas levaram o menino colégio adentro, não conteve as lágrimas. Foi como se tivesse perdido um pedaço de si. Sentia uma dor insuportável no estômago, que logo passou ao lembrar que, em cinco horas, a aula acabaria, e Sofie estaria com ele mais uma vez.

Foram as cinco horas mais angustiantes de sua vida. Não entendia o porquê, tinha duas filhas que já frequentavam o colégio. Anos atrás, fizera exatamente o mesmo: deixara as meninas naquele exato lugar, com as mesmas freiras. Mas Valentim era especial... Todos os seus filhos eram, claro, porém, ele tinha algo a mais. Seu sorriso, sua alegria; desde pequeno, mostrara-se mais amável e inteligente que as irmãs. Sofie jamais admitiria isso, mas sabia ser verdade: o amor pelo garoto era muito maior do que o dispensado às duas filhas.

As horas passaram. Quando foi buscar seu filho no colégio, viu um menino diferente, cujos olhos brilhavam. A expressão alegre prenunciava que gostara da aula. Aquilo era um excelente sinal. Sofie começava a sentir-se um pouco mais aliviada.

Ao descer do carro, encontrou a professora de seu filho, uma velha gorda e simpática de nome Cleiana. Usava um vestido verde desgastado pelo tempo e totalmente fora de moda.

— E o Valentim, como se comportou?

— Ele é diferente das demais crianças.

— Como assim?

— Parece ser uma criança mais velha, é observador; quando conversa, olha direto nos olhos das pessoas. Teu menino carrega muita luz.

Ela fez uma cara de assustada.

— Para ser sincera, fiquei aflita. Eu nunca me dei conta disso, nem sequer me passou pela cabeça o que a senhora está me falando.

— Deveria te alegrar. Sou professora há mais de quarenta anos, já tive alunos que se tornaram pessoas ilustres, e, infelizmente, alguns que foram consumidos pelos próprios erros. Com todo esse tempo de experiência, posso dizer que teu filho tem tudo para ser um grande homem, basta saber aproveitar sua inteligência e moldar seu caráter.

A conversa durou poucos minutos. Despediram-se. Abraçou seu filho e o colocou dentro do carro.

No trajeto de volta para casa, não saíam de sua cabeça as palavras da velha professora e as sensações daquela tarde. Por um lado, sentia-se imensamente feliz pelo filho que estava criando. Por outro, emergia um medo inexplicável de como preparar um garoto tão amável e inteligente para um mundo cheio de maldades.

Logo chegaram à casa da família Ferri, uma bela propriedade de esquina no bairro mais nobre da cidade. A garagem que dava acesso à mansão tinha um dos poucos portões eletrônicos da região, o qual frequentemente chamava atenção das pessoas que por ali passavam. Sem falar da piscina, enxergada pelos curiosos por alguns segundos nos momentos em que o portão se abria automaticamente.

Em poucos instantes, Valentim já havia subido as escadas, e Mara, a empregada da família havia quase uma década, já o esperava na cozinha com uma mesa farta para lhe servir o café da tarde.

Suas duas irmãs, Patrícia e Aline, sentavam-se à mesa. Diferente delas, Valentim beijou o rosto da empregada — aliás, desde que começou a falar, sempre tratou os empregados como se fossem da família.

A mesa tinha doze lugares. Naquele momento, era ocupada por Sofie e pelos três filhos. Patrícia, a mais velha, tinha doze anos; Aline, dez. Ambas eram meninas mimadas e se preocupavam muito mais com a marca das roupas que usavam e com o que os outros vestiam do que com seus próprios futuros. Mesmo em tenra idade, ambicionavam encontrar um marido rico para nunca precisarem trabalhar e, de tempo em tempo, poderem visitar lojas para comprar roupas e joias caras.

A refeição durou cerca de vinte minutos. Já aos quatro anos de idade, Valentim não aguentava as conversas das irmãs: ora falavam de novelas, ora mal de outras pessoas.

Perto das nove horas da noite, Giovani Ferri finalmente chegou do trabalho. Era um homem de quarenta e um anos, vestia um terno escuro italiano bem cortado com gravata de seda. Um sujeito bonito e de presença, sendo alto, magro e, ao mesmo tempo, forte. Por mais que durante o dia enfrentasse audiências e julgamentos complexos, atendesse diversas pessoas com os mais graves problemas, sempre retornava sorrindo e conversava com seu filho até a madrugada.

Antes de Valentim nascer, costumava chegar mais tarde. Não que tivesse amantes ou algum vício como bebidas ou jogos: ficava trabalhando. Advogado renomado, apaixonado pela profissão, muito mais ganhava causas do que perdia. De fato, era um homem respeitado por sua competência e honestidade. Nunca entendeu a razão, mas quando Valentim nasceu, sua vida pareceu ter mais sentido. Tornou-se mais humano e feliz, o que não ocorrera com o nascimento das filhas.

Aquele era sempre o momento favorito do caçula, pois adorava seu pai. Cada vez que o via, sua vida se enchia de alegria; era como se estivesse diante de uma pessoa com superpoderes.

Abraçaram-se e iniciaram a conversa.

— Como foi teu primeiro dia de aula?

— Foi legal.

— Só isso? Me fala mais...

— A professora já deu aula para as minhas irmãs. Jogamos futebol, os colegas de turma gostam bastante. Começaram a nos ensinar a contar, mas isso já sei faz tempo.

— Tu falaste para a turma que já sabe?

— Claro que não, pai. O senhor todos os dias me diz para nunca ser exibido.

Giovani mal conseguiu acreditar no que estava ouvindo, tamanha a felicidade.

Para comemorar o primeiro dia de aula do filho, a família havia encomendado pizzas. Giovani foi tomar banho, o menino ficou brincando com a empregada e, logo depois, a família se reuniu à mesa de jantar, na companhia dos avós maternos e de um padre católico da cidade.

Como sempre, as conversas foram as mesmas. Patrícia e Aline falando de suas futilidades, o avô discursando sobre suas fazendas e os problemas com seus empregados, Giovani contando de seus processos, Sofie e sua mãe tentando agradar a todos, e Valentim quieto, observado tudo o que os outros diziam.

O jantar durou quase uma hora. Por mais que tivessem suas diferenças, formavam uma família unida, que acreditava em um mesmo Deus e, ao menos uma vez por semana, se reunia para ir à missa. Antes de ficar muito tarde, os avós das crianças se despediram, levando com eles o religioso.

Depois da janta, Sofie foi com as filhas para o quarto e fez com elas, ou melhor, praticamente fez *para* elas o tema de casa, enquanto as duas comentavam o último capítulo da novela. Certamente nunca se deram conta de que a menos de um quilômetro de sua morada existiam barracos onde milhares de pessoas passavam fome e, em períodos de chuva, tinham suas casas invadidas por goteiras ou, pior, alagamentos.

Ao passo que Sofie estudava no lugar das filhas, Giovani e Valentim sentaram-se na sala, uma peça ampla e bonita, com uma televisão grande em cima da lareira. Giovani começou a assistir ao noticiário, e, seu filho, a brincar com uma coleção de bonecos Playmobil. O advogado queria ver uma entrevista com um intelectual brasileiro que, havia mais de dez anos, morava na Europa; ele mudara de país devido à decepção com a ditadura, os políticos e a economia brasileira.

Ao longo da entrevista, falou de diversos aspectos que arruinavam o país, mas foram suas conclusões sobre o futuro da segurança pública do Brasil que chocaram Giovani. Afirmou categoricamente que se não começassem logo a construir mais escolas e valorizar os professores, em trinta anos a nação precisaria inaugurar mais de mil presídios, e seria praticamente impossível uma família caminhar à noite pelas ruas das grandes capitais. Apontava:

— Este é um Brasil onde milhões de pessoas vivem na miséria e se contentam com partidas de futebol e com o Carnaval uma vez por ano. De outro lado, existe uma minoria capaz de desfrutar de riquezas e mordomias e, por insensibilidade ou egoísmo, não pensa em ajudar a população pobre. Mas o pior é a gama de políticos oportunistas, incompetentes e corruptos que faz questão de ter um povo ignorante e submisso. Encaram o investimento na educação como seu inimigo.

Giovani demorou alguns segundos para digerir aqueles argumentos. Sua face demonstrou preocupação e uma pontada de culpa, pois mesmo tendo plenas condições de se dedicar à vida política, sempre abominou essa ideia. Era um advogado que amava a profissão e queria morrer sendo um advogado.

Logo esqueceu o assunto e voltou seus pensamentos ao filho. Acomodou-se ao lado dele no chão para brincar com a coleção de bonecos do menino, como se fosse uma criança também.

Em dado momento, Giovani parou a brincadeira e fitou profundamente o garoto:

— Valentim, quero que saibas que tu foste a melhor coisa que me aconteceu na vida. Estaremos juntos até que te tornes um grande homem.

O garoto ficou olhando seu pai, sem saber o que falar. Giovani prosseguiu:

— Daqui a alguns anos, vais escolher tua profissão, e eu estarei do teu lado, seja qual for esta. Mas, admito, não teria maior felicidade do que se, além de meu filho, virasses meu colega.

— Mas, pai, achas que eu seria um advogado tão bom quanto o senhor?

— Claro que sim. O advogado é aquele que tem o dom de defender principalmente os injustiçados e de acusar quem destroça famílias ao matar inocentes. Neste último caso, a única chance dessas pessoas de reencontrar a felicidade e suavizar a dor da perda é através da Justiça.

— E como se faz isso? — perguntou o menino, alheio à profundidade daquela conversa.

— Com muitos anos de estudo, tu poderás te tornar a única voz das pessoas que nada mais têm afora o desespero.

— Por quantos anos eu preciso estudar para isso?

— Meu filho, hoje foi teu primeiro dia de aula. O ideal é que estejas sempre presente e atento às lições. Estuda e, além de ser o melhor aluno, procura ser uma boa pessoa.

— Quando posso ir com o senhor para o trabalho?

— Em breve, vou começar a te levar aos meus julgamentos; dependo ainda de convencer tua mãe e tua avó.

Dialogaram por mais um bom tempo, até que Valentim adormeceu, e seu pai o colocou na cama. Afinal, no dia seguinte, precisava estar pronto para o colégio.

E assim os dias, as semanas e os meses foram passando na vida do garoto.

Pedro Henrique tinha cinco anos de idade, filho único de uma dona de casa e de um professor de educação física que lecionava em dois colégios para poder sustentar a família, um público e outro privado. Viviam sem luxo, mas com dignidade, em um bairro simples, no segundo piso de um prédio de quatro andares, cada um com dois apartamentos de aproximadamente setenta metros quadrados. Não possuíam carro, nem telefone, mas eram uma família feliz.

No prédio, moravam outras pessoas tão humildes quanto eles. Gente que se dedicava ao trabalho, para cuidar de suas respectivas famílias. A cada final de ano, sonhavam ter condições de ir à praia no período das férias.

Eram quase oito horas de uma noite de sexta-feira, véspera de Carnaval. Em poucos dias, Pedro Henrique começaria a frequentar a escola, por isso Aurélia, sua mãe, encomendara comida para o jantar em um pequeno restaurante que frequentavam havia muitos anos, situado a quatro quarteirões de sua casa.

Convidou seus pais para jantarem com eles naquela noite. Aurélia era filha de uma dona de casa, Dona Isaura, e de um cozinheiro descendente de portugueses, conhecido como Seu Armando, que se aposentara depois de trabalhar mais de trinta e cinco anos em um mesmo estabelecimento. Os dois tinham criado os três filhos com pouco dinheiro, porém, com muito amor.

Em torno das vinte horas, seus pais chegaram. Sentaram-se junto à sala, ligaram a pequena televisão que sintonizava em um único canal e conversaram sobre as mais diversas coisas.

No dia anterior, Aurélia havia combinado com o proprietário do restaurante que buscaria a janta por volta das oito e meia. Seu marido, João Hamilton, estava em um jogo de futebol com amigos e chegaria dentro de instantes. Ele, quando novo, sonhava em ser jogador de futebol, o que não alcançou, não por falta de talento, mas sim por não ter tido a oportunidade certa. Ainda assim era um homem feliz, satisfeito pela profissão, que tinha como base a educação e o esporte. Por ser um homem de poucas ambições, não precisava de nada mais do que isso.

Aurélia pegou sua bolsa e recolheu da gaveta uma pequena quantidade de dinheiro, com a qual conseguiria pagar o jantar e comprar alguns refrigerantes. Antes de sair, notou que o tênis de seu filho estava com os cadarços desatados. Colocou Pedro Henrique no colo para amarrá-los.

— Vou buscar nossa comida, teu pai já tá chegando, em poucos minutos retorno.

— Mas mãe, pede para o vô buscar, fica em casa comigo.

— Que isso, meu filho? Teus avós me cuidaram a vida toda para que, quando envelhecessem, eu pudesse retribuir o amor que me dedicaram.

— Quero que tu fiques — insistiu o menino, começando a chorar.

— Vou te explicar uma coisa: cuidarei de ti por toda a minha vida, és o que eu tenho de melhor neste mundo. E quando eu envelhecer, quero que cuides de mim da mesma maneira. Prometes?

— Claro que prometo, mãe. Te amo. Volta logo.

Os dois se abraçaram por alguns segundos.

Desceu as escadas e, em poucos passos, já estava fora do prédio. Enquanto isso, pensava que sua relação com o filho era o que se poderia chamar de um amor verdadeiro, que perduraria décadas inalterado, sem dificuldades, interesses, mentiras, falsidades. Talvez fosse o sentimento mais profundo e forte do planeta, pois, segundo os mais ingênuos, era tão forte que jamais poderia ser esquecido ou destruído.

Era uma noite quente, no entanto, algumas gotas de chuva começavam a cair do céu. Apurou a caminhada para não se molhar. Em minutos, chegou ao restaurante.

Foi atendida pelo velho proprietário, um homem gordo e simpático, chamado Sidinei. Ele herdara o estabelecimento de sua família e não tinha nenhuma outra ambição na vida, a não ser vagar do balcão de atendimento à cozinha.

— Boa noite, Dona Aurélia, a janta já está pronta para levar. Sei que é uma ocasião especial, fiquei sabendo que seu filho vai iniciar os estudos, então caprichei mais ainda.

— Quanta gentileza, Seu Sidinei, muito obrigada, de coração.

— Eu é que agradeço por ter clientes como vocês por tantos anos.

Após efetuar o pagamento, pegou a sacola com a comida e uma outra com três garrafas de refrigerante. Despediu-se de seu velho conhecido que, como todas as noites de sexta-feira, deveria permanecer trabalhando mais algumas horas. Pôs-se de volta à sua casa.

Andou por dois quarteirões; a chuva começava a dar sinais de trégua. A poucos minutos do apartamento, sentiu um cheiro forte e estranho: parecia cigarro, só que diferente, mais enjoativo.

Quando olhou para a frente, viu um jovem com cerca de dezoito, dezenove anos, fumando. Ele subitamente andou em sua direção.

— Passa o dinheiro! Passa o dinheiro!

— Que dinheiro? Só tenho a janta que estou levando para a minha família.

— E essa bolsa aí? Passa pra cá.

— Não tenho nada nela, só meus documentos e uma escova de cabelo.

— Não me interessa, me dá a bolsa, sei que tem grana.

— Calma, moço, calma, eu tenho um filho pequeno, só quero voltar para casa.

— E eu com isso do diabo do teu filho?! — falou o criminoso, visivelmente drogado.

Nesse momento, de forma ingênua e assustada, Dona Aurélia derrubou as sacolas que carregava. A última coisa que ouviu foi o barulho de um estampido, seguido de outros.

Agonizando no chão, sentiu algo lhe encostar. Chegou a pensar que era ajuda, talvez um médico, mas não, era o bandido afastando seu corpo para pegar a bolsa, que estava presa em um de seus braços. Foi o último toque que sentiu.

O jovem bandido carregava um revólver calibre trinta e oito adquirido uma semana antes em uma boca de fumo. De fato, como prometeu o maldito traficante que a vendeu, a arma funcionava bem. Acertara cinco disparos na mulher desprotegida. Depois disso, saiu dali como se nada tivesse acontecido, sem rancor ou remorso, e ainda com um sentimento de satisfação por agora poder comprar mais drogas.

Enquanto isso, João Hamilton chegou à sua casa e foi direto tomar um banho. Logo já estava na sala brincando com o filho, na companhia de seus sogros, que assistiam à televisão.

O tempo foi passando, e nada de Aurélia. A cada minuto transcorrido, a tensão aumentava para aquela família. Eram mais de nove quando a campainha tocou.

— Até que enfim! — exclamou seu pai, em tom aliviado.

Seu Armando foi correndo abrir a porta, esperando ver a filha, mas o que enxergou o deixou perplexo e sem palavras. Ali estavam dois policiais que demonstravam total constrangimento com a situação.

— Desculpa a hora, meu senhor, mas aqui é a residência da senhora Aurélia? — perguntou o policial mais velho.

— Sim, é aqui que ela mora, é minha filha. O que houve?

Nesse momento, todos já olhavam para os policiais, sem saber o que tinha acontecido, inclusive o garoto.

— É muito difícil dizer isso, mas preciso falar a verdade. Ela foi encontrada morta por disparos de arma de fogo não muito longe daqui. Acreditamos que tenha sofrido um assalto.

— O quê? Como isso foi acontecer? — questionou seu marido, que quase não conseguiu falar de tantas lágrimas que escorriam pelo seu rosto.

— Ainda não sabemos, mas prometo que faremos de tudo para esclarecer essa situação.

— Essa situação? Minha filha morre, e tu chamas isso de "essa situação"!

— Desculpa, minha senhora, jamais tivemos a intenção de ofender, eu imagino o sofrimento que estão passando. Quando eu era criança, perdi meu pai, que foi assassinado por um bêbado — interveio o policial mais jovem.

— Não sabemos como pedir isso, mas precisamos que alguém vá conosco até o Hospital para reconhecer o corpo.

O sofrimento e a dor são sentimentos que divergem de pessoa para pessoa. Naquela casa havia quatro seres humanos, de três gerações diferentes, mas certamente nenhum deles, do mais velho ao mais novo, já experimentara tais sentimentos. Esse momento marcaria o resto de suas existências.

Por alguns minutos, todos apenas choravam, desesperados. Pedro Henrique, sentado ao chão sozinho, comoveu os dois policiais, que também não contiveram as lágrimas. João Hamilton, fora de si, tinha a sensação de estar embriagado.

Depois de algum tempo, Seu Armando se encorajou e saiu com os policias rumo à visita mais triste da história de sua vida. Antes conseguiu dar um beijo na testa da esposa e um abraço no seu neto. Ainda pediu para seu genro que ligasse aos dois irmãos de Aurélia.

Em menos de quinze minutos, o apartamento estava cheio de amigos, colegas de trabalho e vizinhos. Nenhum deles sabia o que falar para aquela pobre gente, principalmente para a criança, que não parava de chorar.

Os irmãos dela nem chegaram a entrar no prédio, pois decidiram percorrer as ruas atrás de um eventual suspeito. Eram homens simples, trabalhadores, mas que naquela noite não hesitariam nem um pouco em matar o assassino da irmã.

Dona Isaura não conseguia acreditar na morte da filha; para ela, aquilo não era possível, ninguém seria capaz de cometer uma maldade como essa, ainda mais contra uma pessoa que nunca teve inimigos, uma mulher que vivia para fazer o bem, que jamais levantou a voz ou desrespeitou qualquer pessoa que fosse.

Enquanto todos tentavam entender o que tinha acontecido, Seu Armando chegava ao hospital acompanhado dos dois policiais. Era um prédio velho que aparentava ser assombrado, construído na década de quarenta; passara por poucas reformas desde então.

Quando o carro da polícia parou no nosocômio, ele sentiu o abatimento tomar conta de si, parecia que tinha levado uma surra. Ficou com dores nas costas e na cabeça, quis voltar para casa. Seus olhos turvos denotavam sua desolação; olhava para o horizonte, mas não enxergava nada, somente via as lembranças de sua filha brincando, ainda criança, na frente do restaurante em que trabalhou por tantos anos.

— Como isso é possível?! — pensou em voz alta.

Os policiais, por não saberem o que falar, ficaram calados e inertes. E assim os três seguiram por mais um tempo, até que desceram do carro e entraram no hospital.

Foram atendidos por um porteiro que não tinha a maior parte dos dentes, portador de uma aparência bizarra, digna dos homens que há muito tempo perderam a essência da vida.

— O que é para vocês a essa hora da noite? — perguntou, não demonstrando nenhuma sensibilidade.

— Viemos reconhecer o corpo de uma senhora que foi assassinada — falou o policial mais novo, tentando disfarçar o constrangimento.

— Sigam o corredor, dobrem a segunda porta à esquerda e desçam um andar que vocês vão achar o que procuram.

Percorreram o caminho conforme explicado. Até que o hospital era limpo, mas o cheiro era praticamente insuportável.

A cada passo que Seu Armando dava para encontrar o que restara da filha, mais aumentava sua dor de cabeça. Neste momento, começava também a sentir uma forte dor no peito. Ao descer as escadas, teve vontade de fugir. Difícil acreditar que, poucas horas antes, estava com ela e seu neto, se preparando para mais um jantar.

Alguns degraus depois, viu que a porta do necrotério estava aberta. Era uma sala pequena e mal iluminada. Nunca na sua vida imaginou-se num local como aquele.

Andou mais uns passos e viu Aurélia deitada em uma maca suja, com a pele cheia de marcas de agressões, sem a blusa que vestia e com alguns furos pelo corpo, consequências dos disparos de arma de fogo. Um, no meio do rosto, por pouco não a deixou irreconhecível. Quando se deu conta, já estava vomitando e chorando, até que veio a desmaiar.

Os policias tiveram que socorrê-lo e o acomodá-lo sentado em um velho banco de madeira, onde ficou até retomar seus sentidos. Consciente, sentiu um pânico nascer dentro de si, e agora, além da dor da perda, sentia também a dor da culpa.

— Por que não me mataram? Por que eu não fui buscar a droga dessa janta?! — gritava desesperado.

Mais uma vez, o policial mais novo não conteve as lágrimas. Em ato contínuo, o porteiro surgiu, visivelmente incomodado pelo barulho àquela hora da noite:

— Que isso? O senhor acha que está na casa da sogra?

— Tu não vês que estás diante de um pai que perdeu a filha? Seu animal, fracassado de merda — falou um dos policias.

O sujeito tentou retrucar e iniciar uma discussão, contudo, antes foi atingido por duas cacetadas, uma de cada PM, que o levaram ao chão. Mal conseguiu se erguer e tomou um chute nas nádegas, além de diversos tapas na cabeça.

— Te arranca daqui, seu lixo, ou te tiro o resto desses dentes podres.

Após a surra, ninguém mais viu o porteiro, pelo menos durante aquela noite.

Seu Armando sequer se deu conta de que uma pequena briga tinha ocorrido ao seu lado, alheio ao que se passava, tamanho o sofrimento. Ficou ali parado, quase que hipnotizado, pegando na mão de sua filha e rezando, tentando compreender os planos de Deus.

Mesmo sabendo que estava morta, começou a conversar com Aurélia. Por algum motivo, tinha certeza de que ela o ouvia:

— Durante toda tua vida, somente me deste alegria, desde o nascimento. Lembro quando te levei no teu primeiro dia de aula: estava, ao mesmo tempo, feliz e com medo. E agora, para comemorar o primeiro dia de aula do teu filho, tu foste morta dessa maneira... — Deu uma pausa, como se esperasse uma resposta que jamais viria, e continuou: — Não entendo o porquê. Saibas que sempre vou te amar. Descansa em paz, meu anjo. Prometo cuidar do teu filho como se fosse meu — finalizou com os olhos lacrimejados.

Vendo aquela cena, o policial mais jovem, que anos atrás perdera o pai, falou ao colega:

— E eu que achei que havia passado pela maior das tristezas, agora percebo que estava errado.

— Como assim? — perguntou o outro.

— Isso é contra a natureza da vida. Obviamente, a dor de um filho ou de uma filha que perde os pais é terrível, é sufocante, e ninguém mais do que eu sabe disso, mas nenhum pai está preparado para perder um ser que gerou, vai contra a linha da vida. Ainda mais desse jeito brutal e sem nenhum motivo aparente.

Novamente, os dois não seguraram as lágrimas. Até mesmo o mais velho, acostumado às maiores perversidades cometidas pelos homens, tinha começado a chorar. Perguntou:

— Pelo amor de Deus, o que podemos fazer pelo senhor?

— Somente me levem para ver minha esposa e meu neto. Não tem mais jeito, ela está morta...

— Prometemos fazer de tudo para pegar o maldito responsável por isso — jurou o jovem, com a voz embargada pela emoção.

Assinaram a papelada do reconhecimento do corpo e foram embora dali.

O velório foi marcado para o outro dia pela manhã, e, às quatorze horas, ela seria enterrada. Depois de uma existência simples e feliz, o fim se daria rapidamente. Injusto e revoltante, mas a vida real sempre caminhava assim para milhões e milhões de pessoas.

Às dez horas da manhã seguinte, um pouco mais de cinquenta enlutados lotavam um pequeno lugar em que, tradicionalmente, velavam os indivíduos comuns daquela cidade.

No jornal local, constava uma minúscula reportagem sobre o acontecido, pois era Carnaval, e a morte de uma mulher desconhecida, que tinha como profissão cuidar da casa e do filho, renderia pouca manchete.

A polícia ainda não identificara suspeitos. Até aquele momento, nem sequer havia sido iniciada uma investigação.

Um padre celebrou o velório. Era um bom homem, fez o que podia, tentando suavizar o sofrimento daquelas pessoas — tarefa impossível naquele momento.

Perto das três da tarde, Aurélia já fora enterrada; em pouco tempo, quase ninguém mais se lembraria dela. Cerca de dez amigos ainda estavam consolando a família. Pedro Henrique sentava no colo da avó, que continha as lágrimas para poupar o garoto.

Mais alguns minutos se passaram, e todos foram embora — os mais chegados para suas casas, outros para algum baile de Carnaval. Antes de sair do necrotério, João Hamilton olhou para seu filho. Não sabia o que falar, mas tinha certeza da responsabilidade que enfrentaria para criá-lo sem a presença da mãe. Naquele exato instante, ajoelhou-se em frente à criança e tentou conversar com ele, porém, não conseguiu dizer absolutamente nada. Era como se a dor houvesse anestesiado sua língua. Pôde tão somente abraçá-lo, e concluiu que só lhe restava tirá-lo daquele ambiente e levá-lo para casa.

Seus sogros foram junto. Mais tarde, arrumaram um café para o menino, que mal comeu. Na sequência, prepararam a janta, ocasião em que todos mais choraram do que se alimentaram.

Pedro Henrique foi para a cama já tarde da noite. Não sentia fome, nem sede, mas algo dentro dele parecia corroer seu estômago. Apesar do cansaço, não conseguia dormir. Olhou para o relógio — mesmo com aquela idade já sabia identificar os números — e viu que eram três horas da madrugada quando levantou-se e, sem acender a luz, abriu a janela de seu quarto. Por ali ficou.

A noite estava repleta de estrelas. Ao enxergá-las, quedou-se a chorar silenciosamente para não acordar ninguém, até que o sono lhe venceu na mesma hora em que o sol começou a dar seus primeiros sinais de vida.

E assim os dias foram passando.

No domingo, enquanto ainda estava escuro, José Joaquim acordou e preparou o café da manhã. Era filho único e morava com a mãe em um antigo apartamento de três quartos, comprado pelo seu avô paterno décadas atrás, na Rua de Santa Marta, a poucas quadras da Avenida da Liberdade, bem próximo da Praça Marquês de Pombal, na cidade de Lisboa, onde havia passado toda sua vida.

Em poucos minutos, sua mãe, Maria Cristina, despertaria. Como em todos os domingos, seu filho a esperava com o café da manhã pronto, tal qual sempre fazia seu falecido marido até o dia em que morreu, vítima de um acidente no trabalho.

Quando isso aconteceu, José Joaquim estava prestes a completar quinze anos. Naquela época, já tinha decidido ser engenheiro como o pai. Ele foi um bom homem, mas um profissional que não se destacava do restante, pois pensava muito mais em ser um ótimo marido e pai do que em tornar-se um engenheiro famoso. Por uma fatalidade, contudo, veio a partir jovem.

Depois disso, sobraram só os dois naquele apartamento no terceiro andar de um prédio sem elevador, com poucos familiares para visitar e apenas alguns amigos com quem contar nas horas difíceis.

Após aquela tragédia, Maria Cristina jamais pensou em ter outro casamento, certa de que Cláudio Amaro, seu falecido esposo, era o homem de sua vida. Foi seu segundo namorado e o primeiro e único com quem teve relações sexuais. Aos quarenta e oito anos, seguia sendo uma mulher bonita, magra, de cabelos lindos e um metro e setenta de altura.

Não faltaram pretendentes, mas o amor que sentia por Cláudio e a dedicação ao filho não a permitiam sequer pensar no assunto. Sua vida era preenchida com suas aulas de história ministradas aos diversos alunos que sempre lhe deram força para superar as dificuldades. Lecionava para ajudar no sustento da casa — a pensão que recebia pela morte de seu companheiro não era suficiente.

Durante toda a vida escolar de José Joaquim, mesmo na sua adolescência, raras foram as vezes que o pai não o levou ao colégio. Nas primeiras semanas depois da morte, o jovem estudante, em quase todas as noites, sonhava que seu pai estava vivo. Acordava e ia correndo procurá-lo no seu quarto, instante no qual se dava conta de que nunca mais o veria. Quando isso acontecia, entrava em desespero; as lágrimas escorriam por ser rosto até o amanhecer. Foram dias intermináveis que o impediram de frequentar o colégio.

Na verdade, José Joaquim nunca mais foi o mesmo: seu sorriso mudou, sua alegria praticamente se extinguiu, e, pelo motivo da morte de seu pai, parou de frequentar a igreja, inclusive deixando de acreditar em Deus por muitos momentos.

Nove anos se passaram do óbito de Cláudio Amaro. Como quase sempre acontece com a maioria das pessoas que se vão, sua existência já havia sido praticamente esquecida, exceto pela mulher e pelo filho. Vez que outra talvez fosse lembrado por uma meia dúzia de amigos ou parentes, e só.

Já eram quase oito horas da manhã daquele domingo, a temperatura marcava nove graus célsius, mas a sensação térmica era menor. Ventava pouco, todavia, chovia de modo constante desde a madrugada. Maria Cristina acordou com o barulho da porta.

Mal abriu os olhos, sentiu um cheiro delicioso invadir seu quarto. José Joaquim acabara de abrir as cortinas, trazendo consigo uma bandeja com café, pães e frutas. Assim, em todos os domingos, era impossível não recordar seu falecido marido. Por um lado, pensava no enorme azar de perdê-lo em um acidente de trabalho que poderia ter sido evitado; por outro, sabia da sorte que teve de conseguir criar um filho tão amável, calmo e compreensivo.

— Tu sabias que esse é o momento de que mais gosto na semana?

— Claro que sei mãe, tu sempre falas isso.

— O que houve? — perguntou, notando algo estranho no olhar do filho, que parecia distante. — Estás me escondendo alguma coisa?

— Não, nada de mais. É que ontem conversei com meus colegas de faculdade sobre uma viagem...

— Que viagem? — inquiriu, curiosa.

— Eles querem ir para o Brasil dentro de alguns dias, estão planejando ficar uma semana por lá para conhecer o Rio de Janeiro e aproveitar o famoso Carnaval daquela cidade.

— Não acredito, que coisa boa! Quantas vezes eu te sugeri viajar com teus amigos e, mesmo assim, nunca me escutaste. Quem te convenceu?

— Ninguém me convenceu ainda, eu só estou pensando na ideia.

— Por que segue pensando? O que te impede?

— Não tenho todo o valor da viagem. Ela não é tão cara, eles escolheram um hotel barato, mas ainda me falta dinheiro.

Por alguns segundos, Maria Cristina sorriu.

— Ora, José Joaquim, me pede logo o valor. Tu sempre foste um filho maravilhoso, jamais me deste trabalho, muito menos gastos. Além de tudo, dentro de poucos meses estarás te formando e nunca saiu de Portugal.

— Então tu me ajudas?

— Claro que sim.

Depois dessa conversa, enfim começaram a tomar o café que já estava esfriando. Permaneceram conversando sobre a viagem por quase uma hora, sentados em cima da cama que se situava naquela casa havia mais de trinta anos.

José Joaquim já era adulto, com vinte e quatro, prestes a se formar em Engenharia. O homem magro media um pouco mais de um metro e oitenta, tinha olhos castanhos e não era considerado bonito nem feio. Possuía algumas manchas no rosto e um nariz avantajado, mas nada que chamasse extrema atenção.

Findado o café, levou a louça para a cozinha de cerca de doze metros quadrados, decorada com velhos azulejos no clássico estilo português. Na peça, ficavam um fogão, uma pia, uma pequena mesa e algumas mobílias antigas. A água que jorrava da torneira era muito fria, mas em poucos minutos José lavou o que haviam sujado.

Mal acreditava que faria sua primeira viagem. Em alguns momentos, sentia um calafrio; em outros, excitava-se com as histórias que ouvira sobre o Rio, principalmente em relação ao sexo e às fantasias vestidas pelas mulheres durante as festas de Carnaval.

Sua preocupação com os gastos já não existia: a mãe o ajudaria. Muito embora não fossem uma família rica, aquele dinheiro não faria tanta falta e seria bem-empregado. No mais, em poucos meses estaria formado, era um bom aluno e tinha certeza de que conseguiria um trabalho no mínimo razoável, até mesmo porque Portugal, naquele momento, vivia uma realidade completamente diferente se comparada à de dez anos atrás: desde a promulgação de sua Constituição do ano de 1976 e de sua entrada na Comunidade Econômica Europeia, o PIB do país cresceu quase 37%, a uma média anual superior aos 3%.

Em pouco tempo, José Joaquim completaria uma década sem Cláudio Amaro, e, certamente, esse domingo fora seu dia mais feliz desde a grande perda. Parecia que o menino que havia velado o pai enfim reencontrava a felicidade, pondo um pouco de lado a saudade e a tristeza a inundar sua alma e seu coração.

Algumas horas transcorreram como parcos minutos, tamanho o entusiasmo causado pela expectativa da viagem. Mal percebeu, estava sendo chamado pela mãe para almoçarem. Ela aprontara um pedaço de bacalhau ao forno com molho de nata.

Sentaram-se à mesa da sala de estar, que tinha lugar para seis pessoas, mas costumava ser ocupada somente pelos dois. José comeu pouco, foi impossível esconder a euforia. Não via a hora de dizer para seus colegas que faria parte do grupo da viagem, em especial para seu melhor amigo, Pedro Augusto, aquele que mais insistiu em sua presença — a todo tempo nos últimos dias lhe contava histórias sobre as mulheres brasileiras.

Quando acabou o almoço, já era quase uma da tarde. Sua mãe, notando a agonia que o cercava, disse para ele ir fazer suas coisas e que não se preocupasse, pois lavaria a louça. José Joaquim lhe deu um beijo na testa e saiu correndo em direção à casa do amigo para lhe contar a novidade.

Pedro Augusto era como seu irmão: foram colegas desde o colegial, entraram juntos na universidade, estiveram unidos por, praticamente, suas vidas inteiras. Foi com ele que dividiu os momentos mais felizes da infância à adolescência, e também as maiores tristezas desde a morte de seu pai.

Desceu depressa os três andares de seu prédio pela escada, caminhou mais alguns metros e virou à esquerda rumo à Rua Alexandre Herculano. Dali andou por algumas pequenas quadras, tendo que atravessar a movimentada Avenida da Liberdade. Mais cinco minutos e chegou à casa de Pedro, na formosa Rua Castilhos. Nem notou a chuva fraca que caía, graças à sua empolgação.

Tocou a campainha no número que indicava o apartamento de Pedro Augusto, em um charmoso prédio. O portão foi prontamente aberto por ele.

— Me conta, conversaste com a tua mãe sobre a viagem?

— Claro que sim, falei com ela hoje pela manhã.

— Tá, e qual foi o resultado?

— Ela aprovou e vai me ajudar com os gastos, ou seja, em poucos dias estaremos no Rio de Janeiro.

— Não acredito! — Sorriu.

— Quem mais vai, além de nós dois?

— Vamos em cinco, com Luciano, Tiago e Juan. Dividiremos os gastos do hotel.

— Vão ser os melhores dias de nossas vidas — comemorou José Joaquim.

Os dois trocaram um abraço, subiram dois andares de escada e entraram no apartamento, onde Pedro Augusto vivia com seus pais e uma irmã mais nova, que também estudava Engenharia.

Lá permaneceram por quase toda a tarde. Assistiram ao clássico de futebol entre Benfica e Porto pela televisão junto a Silas Luzardo, pai do amigo, um homem com cinquenta anos de idade que nunca perdia o bom humor. Era a pessoa mais parecida com uma figura paterna na vida de José Joaquim, depois da morte de Cláudio.

Terminada a partida de futebol, sentaram-se todos à mesa para tomar um café da tarde. Felizes, aparentavam pertencer à mesma família, o que de fato quase era verdade, pois os laços de amizade e carinho que envolviam aquelas pessoas durante anos os uniam como uma só.

— Eu me lembro de quando vocês eram crianças, tempos bons que não voltam mais. Nos sábados, os levava para jogar futebol, e às vezes, aos domingos, íamos ver os jogos do Benfica — disse Silas.

— Parece que foi ontem — comentou José Joaquim.

— Agora são praticamente homens-feitos na vida, em pouco tempo estarão formados. Espero que não me abandonem quando eu ficar velho.

— Para com isso pai, estás com ciúmes porque não te convidamos para ir ao Rio? Se eu te chamasse, a mãe me mataria.

— Isso mesmo, meu filho, jamais deixaria teu pai sozinho no meio daquelas mulheres desfilando quase que sem roupas — brincou Fátima Luzardo.

Riram e voltaram a tomar café. A todo tempo, tanto Fátima quanto Silas davam dicas para os dois se cuidarem na viagem.

Durante anos, nos momentos mais difíceis da vida de José Joaquim, nos instantes em que seu coração parecia sangrar de tanta saudade de seu pai, nos períodos em que se lembrava das boas recordações com ele, se não dispusesse do apoio e da força de sua mãe e da família Luzardo, teria sucumbido ao suicídio ou à própria loucura. Então os anos foram passando e o tempo encarregou-se do resto.

Agora, prestes a ter uma nova fase de alegria em sua vida, sentia que essa viagem seria o recomeço de tudo. Quatro dias depois, já estavam partindo.

José Joaquim mal conseguiu dormir na última noite antes de viajar, passou a noite em claro arrumando e refazendo sua mala. Sairia do frio de fevereiro em Portugal para o calor do Rio de Janeiro.

Quando o relógio despertou às sete horas da manhã, nem sequer havia dormido três horas. Ao levantar da cama, sua mãe já o esperava com o café da manhã pronto.

— Bom dia, meu filho.

— Mãe, não precisava acordar tão cedo.

— Escuta uma coisa: estou tão feliz que tu vais viajar, mas, ao mesmo tempo, não consigo imaginar que vou ficar mais de uma semana sem te ver. Prometes te cuidar?

— Claro que sim, mãe. Não te preocupes.

— Desculpa, filho, é difícil conter a emoção. Tu és a minha vida, não sei o que eu faria se algo te acontecesse.

— Calma, tu também és a minha vida. Te amo muito. Não vai acontecer nada. Fica tranquila.

Abraçaram-se por alguns minutos, conversaram, riram e choraram até a hora de José Joaquim descer. Tinham combinado que, às oito em ponto, Silas passaria de carro em frente à sua casa e os levaria ao aeroporto. O avião partiria às dez horas e trinta minutos daquela manhã.

Mãe e filho desceram juntos. Em poucos minutos, Silas chegou com Pedro Augusto e parou o carro diante do prédio. Trocaram mais alguns abraços e beijos e, finalmente, se despediram.

Maria Cristina permaneceu imóvel, observando o carro se afastar, até não mais enxergá-lo. Mesmo assim, continuou parada por quase uma hora, sem reação, naquele exato lugar. Não sentia tristeza, muito menos alegria; experimentava pela primeira vez um sentimento que jamais vivenciara: a completa solidão.

Nessas dezenas de minutos, um filme inteiro de memórias lhe passou pela cabeça: o nascimento de seu filho, as recordações de quando estava com ele no colégio, o dia em que perdeu seu marido, as noites nas quais José Joaquim não dormia, chorando de saudades de seu pai, as inúmeras vezes que sentavam juntos e assistiam à televisão, os domingos em que acordava com o café da manhã pronto.

De repente, sentiu alguém tocar em seu ombro, interrompendo seus pensamentos.

— A senhora está chorando? Está tudo bem? — perguntou uma desconhecida.

— Oi, estou sim, desculpa, é que meu filho acabou de partir para uma viagem...

Agradeceu a preocupação e deu um jeito de se despedir rapidamente daquela bondosa mulher.

Ante esse ocorrido, teve a certeza absoluta de que nada poderia ser maior do que o amor de uma mãe pelo filho. Por mais que tivesse amado o marido e todo dia sonhasse que iria reencontrá-lo em outra vida, o amor que sentia por seu filho era infinitamente maior.

Enquanto Maria Cristina recuperava a consciência, Silas parava seu carro mais uma vez, agora no estacionamento do aeroporto de Lisboa.

Os três desceram do veículo carregando as malas. A imagem parecia a de um pai que levava os dois filhos para embarcar em um avião, e não a de um pai com um filho e seu melhor amigo.

Fazia frio, cerca de oito graus célsius, todos estavam vestidos com casacos pesados e luvas, porém, em menos de um dia aquele frio intenso de Portugal daria lugar a um calor de quase quarenta graus do Rio de Janeiro.

José Joaquim sentia um misto de êxtase e medo de voar. Seria a primeira vez que andaria de avião em sua vida, e nem mesmo a alegria escondia o pavor que sentia das alturas.

Caminharam por alguns metros e logo estavam sendo atendidos por uma simpática funcionária do aeroporto, que em poucos minutos verificou os documentos dos dois e despachou suas bagagens. Faltava apenas se despedir de Silas e embarcar na aeronave. Os outros três amigos que iriam junto em breve chegariam.

— Cuidem-se, meninos, saibam que eu estou com muita inveja dessa viagem e da juventude de vocês. Se tua mãe não me proibisse, eu embarcaria nesse avião — falou em tom de brincadeira.

— Para de bobagem, pai. E também te cuida por aí.

— Obrigado por tudo, Seu Silas, nunca vou ter um amigo igual ao senhor — disse José Joaquim, emocionado.

— E eu nunca pensei que Deus me daria outro filho. — Abraçaram-se. — Aproveitem e não façam besteira, hein! Cuidem para não arranjar um bebê por lá ou pegar alguma doença. E fiquem longe de brigas!

Os dois concordaram e deram um beijo no rosto de Silas antes de irem para a sala de embarque. Em poucos minutos, os três amigos chegaram e todos entraram juntos na aeronave.

O avião decolou. José Joaquim vivia, simultaneamente, um sonho e um pesadelo. Só depois de uma hora começou a esquecer o medo, que ressurgira mais forte do que nunca com as primeiras turbulências; mas a cada uma que se repetia, seu estômago faltava sair do corpo. Após um tempo, o pânico, mais uma vez, desapareceu, amainado pelas conversas de seus amigos sobre as festas que estavam por vir.

Fizeram conexão ainda na Europa, esperaram por cerca de duas horas até embarcarem em outra aeronave e daí foram direto para o Brasil, sem que nada de anormal acontecesse.

Ao desembarcarem no Rio de Janeiro, mal acreditaram no que viam: jamais imaginaram possível encontrar pessoas tão alegres dentro de um aeroporto. Era, afinal, clima de Carnaval numa cidade considerada das mais bonitas do planeta.

Na aduana, um funcionário sorridente, com jeito de maluco, vestindo uma camiseta de futebol, mal analisou os documentos e já carimbou o passaporte dos cinco, dando-lhes as boas-vindas.

— A partir de agora vocês estão no melhor lugar do mundo para se festejar. Aproveitem, transem e bebam à vontade.

Os cinco rapazes portugueses olharam para ele, incapacitados de dizer uma só palavra. A despeito disso, o homem continuava a falar sem parar:

— Não recomento que usem drogas, mas se forem usar nunca vão até os morros comprar o bagulho, daqui a pouco vocês não voltam mais, ou voltam para Portugal dentro de uma caixa. — E gargalhou.

— Podes ficar tranquilo, meu senhor, nós não usamos drogas, somos todos estudantes de Engenharia, em breve estaremos formados. Viemos só por causa do Carnaval — argumentou Pedro Augusto com total ingenuidade.

— Sem problemas. Se resolverem usar, liguem pra este número, é de confiança e de boa qualidade. — Entregou-lhes um cartão com nome e telefone, da forma mais natural possível.

Um dos rapazes pegou o cartão e agradeceu, temendo desagradar o sujeito. Saíram dali rapidamente.

— Que foi isso? — disse um deles, assustado.

— Será que ele estava brincando? — perguntou José Joaquim.

— Sei eu, que sujeito doido. Deixem isso pra lá, vamos aproveitar nossa viagem — falou Juan.

Ainda abismados, caminharam pelo aeroporto e tomaram um táxi que aceitou carregar os cinco em uma única corrida rumo ao hotel. Combinaram com o motorista primeiro dar uma volta pela avenida situada à beira-mar. Impressionaram-se com a beleza do lugar. Nunca haviam visto nada parecido, era como se estivessem perto do Paraíso.

Mais alguns quilômetros apertados em um mesmo táxi, chegaram ao hotel, um pequeno estabelecimento de duas estrelas, a três quadras da praia de Copacabana. O taxista parou o carro, e um atendente já veio ajudar com as malas. A cada pessoa com que se deparavam, mais lhes chamava atenção o bom humor e a alegria daquele povo.

— Sejam bem-vindos, meus amigos, quero que todos se sintam em casa.

Colocaram os pés dentro do hotel. Uma velha senhora esperava os cinco com uma refeição servida em uma mesa logo na entrada do estabelecimento. O local era simples, porém limpo; o atendimento equivalia ao de um hotel cinco estrelas, pela preocupação em bem recepcionar os estrangeiros.

Não sabiam por onde começar a falar, dada a euforia. Parecia que estavam em um lugar sem regras nem protocolos, e ainda por cima, cercados de uma população alegre, de uma praia linda e de milhares de mulheres bonitas. Esse era o sentimento de todos. Naquele momento, se pudessem, não hesitariam em trocar Portugal pelo Brasil.

Após cerca de uma hora sentados à mesa, subiram aos seus quartos, organizaram as roupas, tomaram banho e saíram à rua.

O Rio de Janeiro, em meados da década de oitenta, era seguro, principalmente para os turistas estrangeiros que vinham conhecer o Carnaval — desde que, é claro, não fossem se meter nas favelas em busca de drogas.

Rumaram à festa de uma tradicional escola de samba. Viram-se fascinados e, em pouco tempo, bêbados, sempre acompanhados por um guia local sorridente e prestativo.

No início, a vergonha os impedia de dançar, pela timidez e, em especial, pela falta de jeito: mais pareciam pinguins caminhando desengonçados em meio a uma multidão de sambistas que se mexiam num ritmo frenético.

Sem demora, as mulheres brasileiras perceberam que se tratavam de estrangeiros. Pelos mais diversos interesses, prontamente se aproximaram para ensiná-los a sambar.

Em questão de minutos, os cinco já estavam acompanhados. Bastaram algumas cervejas para se acharem no ritmo. Aquela sua maneira estranha e educada de se comportar era motivo de risos para os malandros que por ali se encontravam.

Em clima de festa, Juan foi o primeiro a beijar na boca: uma negra que lhe ensinava a dançar, trajando um biquíni fio-dental que mal tapava a bunda, lhe atracou um beijo. Depois de segundos de amasso, ele perguntou:

— Posso saber o teu nome?

— Só se você me pagar uma cerveja. — Colocou uma das mãos sobre seu pênis.

— Ora pois, é pra já! — Sinalizou para o guia trazer mais bebida.

Em segundos, já entregou a cerveja para a mulher, e novamente perguntou:

— Então, posso saber o teu nome agora?

— Me chame do que você quiser, meu amor. — E continuaram a dançar e se agarrar no meio de todo aquele entrevero.

O mesmo já ocorria com os outros, os quais acabaram por fornecer bebidas às suas acompanhantes, à exceção de José Joaquim, que vomitava em um banheiro improvisado.

No momento em que o sol dava seus primeiros sinais, resolveram voltar, vencidos pelo cansaço e pela bebedeira. A pedido do guia, não posaram nas casas das mulheres, e sim no hotel.

Foram acordados depois da uma da tarde pela simpática gerente do hotel, com o almoço servido.

— E dizer que eu quase não fiz essa viagem — falou José Joaquim, abismado com o que via.

— Se eu pudesse, largava tudo e vinha morar aqui — disse um dos rapazes.

— Eu também. Só quero descobrir se consigo trabalho como engenheiro no Rio — complementou o filho de Maria Cristina.

Finalizada a refeição, caminharam alguns minutos e já estavam diante de uma das paisagens mais belas do planeta, onde morro e mar se misturam em perfeita sintonia.

Passaram a tarde no mar de Copacabana, fazendo planos, imaginando como seria a vida no Brasil, se teriam coragem de abandonar suas famílias em Portugal.

Não havia local naquelas areias de onde não se pudesse ver mulheres bonitas e pessoas dançando músicas engraçadas. Encantaram-se com uma mistura de dança e luta chamada capoeira; os participantes tinham uma agilidade surpreendente para dar chutes incríveis ao mesmo tempo que giravam no ar.

Antes do final da tarde, um vendedor ambulante zombou deles, dizendo que mais pareciam uns camarões. Num primeiro momento, não entenderam, pensaram que o sujeito era apenas mais um maluco. No entanto, uma mulher que estava deitada de biquíni em cima de uma toalha os alertou sobre a vermelhidão de suas peles brancas por causa do sol. Com isso, resolveram voltar para o hotel e descansar para mais uma noitada.

Junto à noite chegaram todos os encantos que aquela cidade oferecia. Saíram com o guia para outra festa. Por volta da meia-noite, já celebravam com muita bebida e na companhia de mulheres.

Tal qual o evento anterior, ficaram a madrugada inteira beijando e dançando com garotas diferentes. Elas até os estranhavam, mas importava mais o fato de que pagavam todas as bebidas que as meninas conseguissem consumir.

Mais uma vez, José Joaquim se azarou, mas agora não devido ao álcool, e sim à insolação que o deixara com febre, fazendo com que o guia o levasse de volta ao hotel.

Na manhã seguinte, ao acordar, tomou um susto: seus amigos tinham levado as garotas para o hotel. Pensou de imediato que aquilo era proibido, ou seja, a gerente do hotel iria expulsá-los de lá.

Foi sozinho tomar café da manhã, e, enxergando a proprietária, supôs o pior quando ela se dirigiu a ele:

— Mas como isso, rapaz?

— Me desculpa, minha senhora, eu não sei o que meus colegas fizeram, mas certamente não foi por mal — lamentou, envergonhado.

— Calma, meu garoto, estou lhe perguntando o porquê de você não trazer companhia, e não criticando seus colegas! — Riu. — E me conte: por acaso não está gostando daqui?

— Ah, entendi... Eu achei que era proibido trazer garotas.

— No Carnaval, o proibido é não se divertir. Relaxe, curta as próximas noites. — Serviu-lhe uma xícara de café e despediu-se.

José aproveitou para dar uma caminhada pela praia sozinho. Quando voltou ao hotel, invejou seus amigos, que, a julgar pelos gemidos escutados por detrás da porta trancada, divertiam-se com as mulheres.

Teve de passar metade da tarde no hall, até que as moças fossem embora.

Na terceira noite de folia, novamente dançaram e beberam aos montes, mas nenhum teve muita sorte com as garotas. Àquela altura do Carnaval, que se encaminhava aos seus últimos dias, os estrangeiros não eram mais novidade.

Ao raiar do dia, chegaram ao hotel exaustos e bêbados. Mas acordaram para o almoço e curaram a ressaca em uma das praias mais bonitas do mundo. Assim, as férias no Brasil foram passando.

No último dia da viagem, antes do anoitecer, José Joaquim estava a poucos metros do hotel, caminhando lentamente após uma tarde de sol na praia, quando uma jovem tropeçou à sua frente e caiu, cortando um dos joelhos.

— Tu estás bem?

— Poderia estar melhor, me machuquei de leve. Não acredito que caí sozinha, acho que bebi demais ontem.

— Posso te ajudar?

— Teu sotaque é estranho, de onde és?

— Moro em Portugal, vim passar uns dias aqui.

— Não acredito, nunca havia falado com um português! A propósito, meu nome é Alicia, vim passar uns dias aqui também, mas sou brasileira, vivo na capital do Rio Grande do Sul, em uma cidade chamada Porto Alegre.

— Olha só, teu joelho está sangrando, meu hotel fica a alguns passos daqui... Não queres ir até lá? Tenho um kit de primeiros socorros em meu quarto, posso cuidar disso.

— Sério, não vou te incomodar?

— Claro que não, será um prazer.

— Então vamos lá — falou a garota, entusiasmada, que nem pensava mais em seu pequeno ferimento.

Alicia tinha vinte anos, era uma jovem com cabelos loiros bem-cuidados, cerca de um metro e sessenta, um belo sorriso despreocupado e um corpo de parar o trânsito.

Em poucos instantes chegaram ao hotel, pegaram a chave na recepção e subiram para o quarto. Alicia sentou na cama, e quando José Joaquim ingenuamente pegou o kit com a intenção de socorrê-la, ganhou um beijo na boca.

Ficaram se beijando por alguns minutos, até que, por iniciativa de Alicia, tiraram as roupas e transaram diversas vezes, sem se preocuparem com nada, nem com os amigos que poderiam chegar e entrar no quarto.

Depois de mais de uma hora de sexo, José Joaquim não aguentava de alegria. Falou:

— Sabia que hoje é o dia mais feliz da minha vida?

— Como assim? — perguntou Alicia, intrigada.

— É difícil de explicar, é que....

A garota explodiu em risos, em uma mistura de alegria e gozação.

— Não acredito, tu queres me dizer que eras virgem?

— Sim — respondeu, encabulado.

— Nossa, ganhei o dia mesmo! Fazia tempo que isso não acontecia comigo, minhas amigas vão adorar ouvir essa história. Aliás, tu és uma graça, eu nem desconfiei disso.

Sem saber o que dizer, extremamente envergonhado, José Joaquim replicou:

— Tu também és uma graça.

— Me diz uma coisa, que horas são agora? — indagou em tom de despedida.

— Quase nove da noite.

— Droga, tenho que ir! — Despediu-se com um último beijo na boca, sem ao menos perguntar quem ele era, como se nada de importante tivesse acontecido.

A única coisa que ele sabia sobre aquela mulher era seu nome e sua cidade natal. Planejava pedir o número de telefone dela, descobrir mais sobre sua vida, talvez até namorá-la, porém, Alicia não lhe deu chance para que isso se concretizasse.

"Aonde será que estão meus amigos? Estranho ninguém ter aparecido", pensou. Portanto, após ela ter ido embora, saiu do quarto e desceu à recepção.

No momento em que descia as escadas, seus quatro amigos jogaram ovos, farinha e baldes de água nele, com a ajuda de um dos funcionários do hotel, que havia falado sobre a garota. Cantaram e dançaram abraçados para comemorar a façanha.

A viagem estava completa, e não poderia ter sido mais divertida. Depois de anos da morte de seu pai, José Joaquim voltava a ser feliz.

No outro dia, os cinco retornaram a Portugal com histórias suficientes para contarem durante anos. Foi a melhor viagem na vida de todos.

NOVEMBRO DE 1985

Alicia Silva embarcou em um ônibus intermunicipal em Porto Alegre, Brasil, numa tarde quente de sábado.

Ela estava sozinha e com medo.

Uma velha senhora sentou-se ao seu lado. Com certa piedade, a mulher acabou puxando conversa:

— Falta quanto tempo para nascer?

— Estou indo ao hospital para isso — respondeu a jovem em tom envergonhado.

— Nossa, estás indo sozinha dar à luz? — falou, surpresa, e depois sentiu-se constrangida com a própria pergunta.

— É que a minha vida não tem sido fácil, mas confio em Deus, e tudo vai se resolver.

— Achas que vai ser menino ou menina?

— Rezo que seja uma guriazinha, mas o importante é que nasça com saúde, o resto a gente vê depois — disse sem muita certeza do que falava.

Conversaram até o ônibus parar em frente ao hospital público. Alicia desceu, dando um beijo de despedida na simpática mulher.

Em minutos, era atendida por uma secretária. Teve muita sorte, naquele dia não havia fila, talvez porque estava sendo transmitido ao vivo pela televisão a final de uma partida de um campeonato de futebol, e nada parava mais o Brasil, à época, do que um bom jogo.

Após uma série de perguntas, foi encaminhada ao atendimento.

Enquanto as horas passavam, Alicia, prestes a ganhar seu primeiro filho, a todo momento olhava para um antigo relógio de parede e rezava uma oração atrás da outra. Já se aproximava da noite, mesmo assim, ninguém chegou para visitá-la, nem amigos, quanto menos parentes.

Mais um tempo transcorreu e iniciou-se o trabalho de parto. Fora a dor inimaginável, tudo ocorreu de forma normal; quando se deu conta, seu filho já estava em seus braços.

— É um menino, e, pelo jeito, muito saudável — disse o médico, entregando o bebê à mãe.

Ela não conteve o choro e decidiu chamar o garoto de Lorenzo. Quanto mais imaginava o futuro do filho, mais se emocionava. "Talvez ele vire um médico, um contabilista...", pensava.

Veio a ela a lembrança de que não sabia quem era o pai daquele recém-nascido, e foi como levasse um soco no estômago. Num piscar de olhos, toda sua esperança transformou-se em desespero.

"Lorenzo Silva do quê? Com quantos homens eu me relacionei, que pudessem ser o seu pai?"

Permaneceram dois dias no hospital e, depois, partiram rumo à vida real, com todos os seus perigos, as suas intrigas e mentiras. Agora era uma mãe solteira, sem profissão, sem muito estudo, com uma família desestruturada vivendo em um país pobre. Apesar de todas essas adversidades, tentaria encarar as dificuldades da melhor maneira possível.

Morava em uma pequena casa no subúrbio de Porto Alegre com seu pai, um mecânico de carros com problemas de alcoolismo, e sua avó, que mesmo idosa ainda trabalhava como caixa em um supermercado.

Josué, pai de Alicia, embora passados dez anos, não havia superado o abandono sofrido pela esposa, que fugira com um caminhoneiro. Exceto pelo pedido de divórcio feito na Justiça, nunca mais tiveram notícias dela, e seu nome era proibido de ser pronunciado naquela casa.

Por volta das oito horas da noite, Alicia e seu filho deram sinal de vida e chegaram ao lar.

— Não acredito que vocês já estão aqui, deixa eu ver o bebê — disse Dona Ieda em tom de alegria.

— Pois é, vó, está tudo bem, mas eu esperei a senhora o tempo inteiro — falou com lágrimas no rosto.

— Alicia, é que... — Sem terminar, explodiu em choro, segurando a criança no colo.

— Eu imagino, o pai não te autorizou a ir me ver, dizendo que eu sou uma puta igual à minha mãe. Não é?

— Vamos trocar de assunto. Como foi o parto, que nome escolheste?

— Ele se chama Lorenzo. E foi a maior dor de toda a minha vida; sofrimento maior só senti por não ter tido ninguém ao meu lado no momento em que meu filho nasceu.

— Perdoa teu pai, ele ainda sofre muito com a perda da tua mãe. Saibas que, no fundo, ele te ama muito.

Dona Ieda acreditava mesmo que um dia seu filho melhoraria, ao encontrar uma outra companheira, afinal, em seus sessenta anos de vida, já havia presenciado muitas transformações. Temia também que piorasse. A gravidez da filha, de um pai cuja identidade ela desconhecia, fez com que Josué recriminasse e odiasse ainda mais as mulheres.

Às onze da noite, quando Josué chegou à casa dos três — agora quatro, na realidade —, Alicia já estava no quarto com seu filho. Sua mãe abriu a porta e logo notou seu estado de embriaguez. Não era um homem violento, pelo contrário, mostrava-se incapaz de agredir fisicamente qualquer pessoa que fosse; era apenas um bêbado que fazia mal a si mesmo e falava pouco, porém, se abria a boca, só dizia bobagens.

— Boa noite, meu filho, estávamos preocupadas. Aonde andavas? — perguntou em tom apaziguador.

— Fazendo o que sempre faço nos domingos, bebendo, é o que me resta.

— Não fales assim... Vai conhecer teu neto.

— Olha, mãe, só vou me dirigir a essa criança depois que souber quem é o pai dela. Antes disso, podem morar aqui, apenas isso. Nunca vou negar comida e casa para um bebê, mesmo que nessas condições — falou em tom árduo, crendo que tinha toda a razão.

— Pelo amor de Deus, Josué, que culpa tem essa criança? Não faças uma coisa dessas.

— E que culpa tenho eu, mãe, de ter tido uma esposa e uma filha putas?

— Quantas vezes eu já te pedi para começar a perdoar as pessoas? Nem parece que tu frequentas a igreja, nem parece que acreditas na palavra de Jesus Cristo. Enquanto não aprenderes a perdoar, nunca terás paz.

— Para com essas bobagens. Queria ver se o pai tivesse te deixado sozinha com um filho e sumido com uma prostituta, se a senhora perdoaria em nome de Jesus.

— Claro que ia, Deus tem um caminho para todos nós — declarou, convicta. — Por favor, vai conhecer teu neto, eles estão no quarto.

— Eu sou um homem de palavra, mãe, já disse que vou me dirigir a ele somente depois de saber quem é o seu pai.

— Nossa Senhora da Medianeira, me ajuda! Tu não vives na Idade da Pedra, Josué. Tudo bem que sejas teimoso e orgulhoso, mas esse inocente que acabou de nascer não tem culpa de nada!

— E que culpa tenho eu?! — repetiu.

De fato, aconteceu o que Dona Ieda temia: a situação toda faria com que seu filho regredisse ainda mais, inflando seus rancores como consequência de suas decepções.

O sol dera sinais havia menos de uma hora, e a velha senhora já preparava o café da manhã com a esperança de que Josué acordasse de bom humor. Instantes depois, ele saiu do quarto.

— Bom dia, mãe, estou atrasado para o trabalho.

— Ué, viste que horas são?

— Sim, e já estou indo trabalhar, hoje não vou tomar café. Também vou almoçar fora, volto pra casa só de noite.

Não havia o que fazer. "O homenzinho é um ignorante mesmo", pensou Dona Ieda.

Em instantes, Alicia apareceu na cozinha com Lorenzo no colo.

— E o pai, vó?

— Não pôde ficar pro café, teve que ir mais cedo para o trabalho, acho que conseguiu uns clientes novos — tentou esconder a verdade.

— Para, não precisas mentir. Ele saiu para não ter que sentar na mesa comigo e com meu filho.

— Não, Alicia, não foi isso... — replicou, sem acreditar no que dizia.

— Ele prefere um copo de cachaça do que estar com a família. Tudo bem, eu entendo, não há necessidade de me enganares.

Tiveram que interromper a conversa, pois Lorenzo começou a chorar, e Alicia não sabia o que fazer, era mãe de primeira viagem. Dona Ieda o pegou no colo.

Tomaram café e, na sequência, a bisavó saiu para trabalhar. O mercado onde atuava há aproximadamente oito anos situava-se a cerca de um quilômetro da casa. Todos os dias, ia e voltava caminhando: não tinha carro e não se daria ao luxo de gastar com ônibus para se locomover a uma distância dessas.

Moravam naquela vila desde 1970. Eram pessoas comuns, como todos que ali residiam. Nesses anos, as duas ocorrências mais incomuns a atingir aquela pequena família foram o dia em que o marido de Dona

Ieda morreu, vítima de um infarto, e a noite em que sua nora fugiu às escondidas com um caminhoneiro de São Paulo.

Quase todos os vizinhos se conheciam, a vila não era muito grande. De certa forma, eram pobres, mas não havia miséria de fato, nem muita violência, se comparada a outras partes da cidade.

Geralmente sua caminhada até o mercado durava cerca de quinze minutos, mas, naquela manhã, durou quase o triplo: seguia a passos lentos, pensando e, algumas vezes, parando por instantes, como se esperasse por alguma coisa ou alguém.

Não entendia o que tinha feito de errado, por que Deus a punia tanto. Ao lembrar-se dos dias felizes com seu marido, sentia a saudade a sufocar-lhe. O amor da sua vida morrera de forma inesperada. Era uma pessoa boa que somente trabalhava e ajudava os outros; não era um homem dos mais inteligentes, contudo, sua bondade com ela supria todos os seus defeitos. Agora, seu único filho se transformara num bêbado, e sua neta aprontara essa. Nem de suas irmãs tinha notícia havia mais de mês.

Faltavam poucos metros para chegar ao trabalho, e seus olhos estavam cheios de lágrimas. Não tinha mais nada de feliz nessa vida. Pela primeira vez, pensou em cometer suicídio. Se tivesse certeza de que encontraria seu marido em outra vida, teria se jogado na frente de um ônibus, porém, recordou os ensinamentos da Igreja sobre aqueles que atentam contra a própria vida, e seu sentimento foi logo reprimido pelo medo.

Ao meio-dia, voltou para casa, pois carecia de ajudar a neta no almoço. Retornou ao mercado à uma da tarde e, antes de anoitecer, ao término do expediente, regressou novamente. À meia-noite, quando já haviam ido dormir, seu filho chegou bêbado, como corriqueiramente acontecia.

Assim era sua vida de segunda a sábado. Já tinha uma certa idade, e no domingo seu corpo não vencia o cansaço: dormia quase o tempo inteiro, somente despertava se o choro de Lorenzo estava mais alto. O pouco que ganhava era para manter o lar e, quanto mais o tempo passava, mais Josué gastava com bebida, fazendo com que menos dinheiro do seu trabalho sobrasse para pagar as contas básicas da família.

Os meses foram passando e a situação só piorava, as marcas do sofrimento de Dona Ieda refletiam em seu corpo. Em pouco tempo, parecia que havia envelhecido dez anos.

Até que, um dia, indo para o trabalho depois do almoço, Dona Ieda padeceu de morte natural. Tendo renunciado à felicidade e à esperança, o único desejo que deixou em vida era o de ser enterrada ao lado do homem que amou, mais nada.

Em pouco tempo, ninguém se lembraria dela. Findou seus sessenta anos de existência de modo simples, como sempre viveu.

ABRIL DE 1986

Eram cinco horas da manhã, Pedro Henrique despertava de seu sono chorando. Estava ao lado de seu pai, havia dormido na cama com ele.

— Eu não consigo me lembrar mais do rosto dela — disse com os olhos cheios de lágrimas.

Sempre que isso acontecia, João Hamilton não sabia o que fazer; às vezes chorava junto ao filho, em outras, tentava conversar.

— Calma, ela está em algum lugar orando por nós.

— Mas, pai, e se um dia eu esquecer como ela era? O que eu vou fazer?

— Não te preocupes, se isso acontecer, eu vou me lembrar dela por nós dois.

— Como sabe que ela reza por nós?

— Deus sabe disso, eu sei, e logo tu vais entender. Tenta dormir, em algumas horas estarás na sala de aula.

Permaneceu de mãos dadas com o garoto por mais um tempo, e logo adormeceram. Cada vez que esses episódios se repetiam, João Hamilton esperava seu filho pegar no sono e se trancava no banheiro para chorar sem que o menino visse. A criança já tinha sofrimento demais, não admitiria ser pego chorando para causar mais agonia a quem já sofria tanto a perda da mãe.

Como acontecia em todas as manhãs dos dias da semana, Dona Isaura chegava à casa deles, tinham estabelecido essa rotina. Um pouco antes de João Hamilton sair para o trabalho, a avó do menino já estava preparando o café.

Sentaram-se à mesa, comeram, pouco se falaram. João partiu, e Dona Isaura recolheu e lavou a louça. Enquanto isso, Pedro Henrique foi assistir à televisão. Depois, acomodou-se ao lado do neto para ajudá-lo a fazer os temas de casa.

— Me diz uma coisa, como tu estás?

— Eu sinto muito a falta dela, vó, não entendo por que Deus permitiu que uma coisa dessas acontecesse.

— Nunca percas a fé em Deus, ele escreve muitas coisas de maneira certa, porém, difícil de entender.

— O meu pai fala isso a toda hora. Eu não acredito; nem sei mais se acredito em Deus.

— Por favor, Pedro Henrique, jamais fales uma coisa dessas.

— A senhora quer que eu fale o quê? Minha mãe tá morta, o desgraçado que matou ela anda solto na rua, como se nada tivesse acontecido. Queres que eu acredite nessa tal de Justiça também? — falou com uma franqueza de adulto.

— Eu sei que isso tudo é muito difícil. Se é difícil pra mim, imagina para ti, que tem somente seis anos de idade. Promete uma coisa pra tua avó: o sonho da tua mãe era que tu estudasses para se tornar alguém de sucesso, independentemente do que acontecesse. Jura isso pra mim?

— Claro que sim, talvez seja a única coisa que me resta na vida.

— Pelo amor de Deus, garoto, tu terás uma vida muito feliz — disse a avó, horrorizada pelo sofrimento daquela criança. O pequeno se transformava em alguém diferente de suas crenças.

Quase meio-dia, João Hamilton retornou para o almoço. Seu Armando já estava arrumando o neto para ir à aula. Todos os dias, o avô o levava à porta do colégio. Sabia que se sua filha fosse viva sempre faria isso, portanto, executava essa tarefa com o maior orgulho.

Avô e neto dirigiram-se para o colégio a pé. Era uma caminhada de aproximadamente dez minutos e, para ambos, a melhor parte do dia. Iam conversando sobre tudo. Nesses diálogos, o mais velho parecia ficar mais novo, e o menino se tornava mais velho. Transformaram-se em melhores amigos; faziam bem um para o outro.

A aula começava à uma da tarde, e os dois, como de rotina, chegaram ao colégio faltando cinco minutos para o início.

— Pedro, nunca te esqueças do poder da disciplina. Caso um dia tu te tornes um homem de sucesso, em grande parte será por causa dela — disse em tom afirmativo.

— Podes deixar, vô, nunca vou esquecer — falou sem entender muito o significado daquilo.

— Às quatro e cinquenta estarei bem aqui na frente. Boa aula. E não te esqueças, disciplina! — Deu um beijo no rosto do neto e foi embora, não vendo a hora de estar com ele novamente.

Fazia mais de um ano do assassinato de Aurélia. Todos naquele colégio conheciam o drama da família. A despeito da tragédia, Pedro Henrique era um dos melhores alunos da sala, e muitos torciam pelo sucesso do garoto.

Nos primeiros meses, frequentemente era visto com os olhos cheios de lágrimas; mesmo assim, esforçava-se para esconder seu sofrimento e permanecia na sala. Conforme o tempo passava, esses momentos iam ficando mais raros, e muito disso se deu em virtude da ajuda de todos, desde os colegas até os professores e o diretor.

Estudava em um colégio público e teve muita sorte por encontrar aquelas pessoas. Na escola e nas conversas com seu avô durante o trajeto, conseguia deixar (um pouco) de lado a falta que fazia sua mãe.

Antes do combinado, Seu Armando já estava na frente do colégio. Enquanto Pedro Henrique não saía da escola, ficava pensando no tamanho da maldade que um bandido poderia fazer na vida de uma família: não havia apenas matado uma mulher inocente, mas sim tirado um pedaço de todos eles.

Notou que já estavam no outono, as folhas começavam a mudar de cor. Recordou-se de quando era garoto e morava na cidade de Lisboa; aconteceu-lhe algo similar, só que em épocas diferentes. Perdera a mãe muito cedo, assim como seu neto; lembrava-se de seu avô indo lhe buscar no colégio. Concluiu que, como na natureza, as coisas da vida também se repetem.

Era um homem sem muito estudo, mas não burro. O pouco que conquistou foi devido aos seus valores, a custo de muito trabalho.

Ouviu o sino tocar, sinal de que a aula tinha acabado. Quando enxergou o neto vindo em sua direção, teve uma imensa sensação de alegria.

— Vamos aproveitar e ir na sorveteria, daqui a poucos dias o calor vai embora. Que achas?

— Não preciso nem te responder, vô!

— Como foi a aula?

— Boa, aprendemos mais de Matemática e Português. A professora ficou braba por causa do barulho. Ah, e desenhamos na aula de Educação Artística.

— Eu nunca te falei isso, mas sabia que, quando eu era pequeno, meu avô me buscava no colégio? Na época, nós ainda morávamos em Portugal.

— Sentes saudade de lá?

— No início, sim, depois foi passando. Viemos pra cá e era tudo muito diferente, a maioria das ruas nem sequer eram calçadas, e todo mundo se conhecia. Tinha muito menos gente que agora.

— Por que o senhor nunca mais foi a Portugal?

— Faltava dinheiro e tempo. Aí conheci tua vó, casamos, tua mãe e teus tios nasceram, e eu precisei trabalhar para sustentar a família. Mal percebi, boa parte da vida já havia passado.

— Vô, se tu pudesses voltar no tempo, teria vindo morar aqui? — perguntou com enorme curiosidade, referindo-se ao Brasil.

— Aqui conheci a mulher da minha vida e tive meus filhos. Por ela, teria ido a qualquer lugar deste mundo. E, graças a isso, tenho o meu melhor amigo hoje.

— Como assim, vô?

— Ora, "como assim"! Tu és o meu melhor amigo, e adivinhe: na tua idade, eu era igual com meu avô.

Pedro Henrique não escondeu a felicidade por ouvir aquilo. Seu Armando cumpria muito bem o papel de dar carinho e atenção àquele menino. Em razão de atitudes como essa, o garoto arranjava forças para tentar superar a perda da mãe.

Andaram de mãos dadas até a sorveteria, papeando sobre diversas coisas da vida. Foram atendidos por um velho mal-humorado que mais parecia um javali.

— O que seria para vocês? — perguntou em tom rígido.

— Para mim um sorvete de duas bolas, uma de morango e outra de chocolate — adiantou-se Pedro Henrique.

— Eu vou querer só uma de chocolate.

— Mais alguma coisa?

— Por hoje é só. — Seu Armando pagou e tentou puxar conversa com o atendente. Como sempre, não saía uma palavra da boca do sujeito.

Desistiu e juntou-se ao neto.

— Por que ele é tão triste, vô? — inquiriu o menino, impressionado.

— Não sei bem, dizem que a mulher dele se suicidou muitos anos atrás.

— E por que ela fez isso?

— Uns dizem que era louca, outros falam que foi porque ela descobriu um relacionamento dele com uma ex-vizinha.

— Ele sempre foi triste assim?

— Eu me recordo dele jovem, era uma pessoa normal, às vezes até ria. De fato, ao enviuvar, nunca mais o vi mostrar os dentes. E parece que seu único filho foi morar com os tios em outra cidade.

— Nossa, que horror... — Sentiu pena daquele homem, e, por um momento, esqueceu que havia perdido a própria mãe.

Andaram por mais um quarteirão e sentaram-se no banco de uma praça para acabar os sorvetes. Ficaram assistindo a uma pelada em uma quadra improvisada, onde sete garotos jogavam o tradicional "jogo do balão".

Após, pegaram o rumo de casa. Chegaram às sete — a luz do sol dava seus últimos sinais, e algumas estrelas principiavam a aparecer. João Hamilton já estava lá, sorvendo um chimarrão com Dona Isaura, que, aos poucos, preparava o jantar.

— Por onde andaram? — perguntou, preocupada.

— Tomando sorvete e vendo um jogo — falou o mais velho.

— Sabias, vó, que o homem da sorveteria ria antes da mulher se matar?

— Credo, Pedro Henrique, não fales dessas coisas. Quem te disse isso?

O menino, mesmo envergonhado, jamais colocaria seu avô em uma situação constrangedora. Rapidamente mudou de assunto, falando, talvez, sua primeira mentira:

— Eu ouvi falar no colégio. E vocês sabiam que o primeiro jogo do Brasil nesta Copa do Mundo vai ser contra a Espanha, em 1º de junho?

Seu pai meteu-se na conversa, comentando sobre futebol. Pedro Henrique sentiu-se aliviado por conseguir proteger Seu Armando. Discutiram a respeito da Copa e das chances da Seleção Brasileira ser campeã depois de dezesseis anos sem sucesso. Divergiram quanto a quem seria melhor daquele time: Zico, Sócrates ou Falcão.

Faltava pouco para o jantar ficar pronto. Dona Isaura dirigiu-se ao neto:

— Vai tomar banho, não quero ninguém sujo na mesa.

Ele obedeceu, sem falar nada, e foi sozinho ao banheiro.

Jantaram, sempre dialogando. Depois que comeram, Dona Isaura foi à cozinha arrumar a bagunça. Nesse ínterim, os três rumaram à sala para assistir à televisão.

Antes das dez horas da noite, Pedro Henrique já estava dormindo. Somente depois disso seus avós se despediram; retornaram para casa com a sensação de dever cumprido.

O tempo foi passando, e cada vez menos o garoto acordava antes da hora, temendo esquecer o rosto da mãe.

Em quase vinte anos de advocacia, Giovani Ferri achava que já tinha visto de tudo, mas acabava sempre por se surpreender com a raça humana. Sem dúvida, era um grande advogado, e por princípio não atendia certos tipos de criminosos que lhe repulsavam.

Exatamente dez horas da manhã, chegou seu quarto cliente. Assustou-se ao ver quem era; não conseguia imaginar o que o velho médico e amigo de sua família fazia em seu escritório, acompanhado do neto, ambos carregando em suas faces uma expressão de desolação.

— Meu caro amigo Giovani, o que me traz aqui é algo que nunca imaginei que passaria na vida, ainda mais na idade em que estou — falou, sem esconder as lágrimas.

— O que houve, Dr. Augusto? Calma! Como posso auxiliar o senhor?

— Durante mais de cinquenta anos da minha vida, ajudei a salvar milhares de pessoas nesta cidade, que sempre me acolheu como um filho, desde que vim para cá aos dez anos para estudar no colegial. — Quando encerrou a frase, seu rosto estava molhado, em pleno desespero.

Um silêncio absoluto tomou conta do ambiente, por alguns minutos.

— Mas Dr. Augusto, o que de tão grave aconteceu? — Serviu um copo d'água para o velho médico.

— Não sei como te dizer. Trabalhei tanto nesta vida, formei todos os meus filhos, cuidei e amei minha esposa até seu último dia, e, no fim, tenho que passar por isso. Fico me perguntando: onde eu errei?

— Por favor, me fala o que ocorreu — insistiu o advogado.

— Como é difícil, que Deus me perdoe. O meu neto, esse rapaz aqui, recebeu ontem pela tarde uma intimação para ir depor na Delegacia de Polícia.

— Para depor em relação a quê? — questionou Giovani Ferri, esperando o pior.

— É bobagem, doutor, nem precisava vir aqui, não deve ter nenhuma prova contra mim — disse numa mistura de medo e arrogância.

— Pelo amor de Nossa Senhora, tu és maluco, idiota ou o quê? Estão dizendo que mataste uma mulher que tinha um filho de apenas cinco anos, e vens me dizer que é bobagem?!

— Calma, Dr. Augusto, me explica essa história. E tu, rapaz, mostra mais respeito com o teu avô.

— O senhor lembra em fevereiro do ano passado, quando uma mulher foi assassinada na noite em que buscava janta para o filho que ia começar a estudar?

— Aquele latrocínio antes do Carnaval? — perguntou, estarrecido.

— Infelizmente, sim. Estão acusando meu neto de ter feito aquela barbaridade. E a cada vez que pergunto para ele o que aconteceu naquela noite, mais ele se enrola e não sabe se explicar.

No íntimo, Giovani Ferri acreditava que aquele que matava para roubar era tão desprezível quanto um estuprador, e ele quase sempre negava esse tipo de cliente. Convivia com diversas vítimas dessa espécie de crime, os quais o contratavam para trabalhar na acusação, fazendo com que presenciasse frequentemente o sofrimento causado por tais atos covardes.

De um lado, começou a sentir um desprezo enorme pelo jovem; de outro, tinha uma enorme gratidão por aquele homem que, ao longo de muitos anos, cuidou da saúde de sua família. Dr. Augusto fora um médico muito humano, que pensava mais em seus pacientes do que no dinheiro proporcionado pelo trabalho.

"E agora, o que vou fazer?", refletiu. Quanto mais pensava, mais sua cabeça se enchia de dúvidas. Imaginava o sofrimento de um filho vendo o enterro da mãe, mas, ao levantar a cabeça, enxergava um bom homem lhe pedindo socorro.

Imaginava diversas situações. O que falaria para o seu filho, se aceitasse a causa? Caso negasse a defesa e o Dr. Augusto viesse a falecer em decorrência de tamanha tristeza, o que falaria para o seu pai?

Não sabia como agir. Nesse ínterim, passou a analisar o rapaz.

— Com que idade tu estás?

— Vinte anos, doutor, faço vinte e um em maio.

— Isso quer dizer que, na data do crime, já eras maior de dezoito. Péssima notícia.

— Mas por quê?

— No Brasil, a maioridade penal é a partir dos dezoito. Se tu fores considerado culpado, serás condenado a uma pena que poderá variar de vinte a trinta anos — expôs, observando a reação do rapaz.

Não foi preciso falar mais nada: o ar debochado transformou-se em pânico. Até aquele momento, desde que entraram no escritório, Dr. Augusto não se permitiu perder a educação e mostrar o que realmente sentia contra o neto. Assombrou-se da raiva que o tomava ao notar o tremor das próprias mãos.

— Estás vendo o que conseguiste, Jerison? Além de teres matado uma mulher inocente, deixado um marido sem esposa e um filho sem uma mãe, vais passar a vida na cadeia. Foi pra isso que teus pais te criaram? És insano!

— Mas não fui eu, vô, eu não fiz nada — defendia-se sem nenhum argumento.

— Pelo menos admite o que fizeste! Vais conseguir o que, continuando a mentir? Por acaso pensas que eu sou besta? Para cada pergunta que eu repito, tu tens uma resposta diferente.

Mais um pouco e o velho ia começar a surrar o rapaz, tamanha a ira com que falava. O advogado achou incrível como uma pessoa tão boa poderia perder a calma numa ocasião dessas.

Quando a situação estava quase insustentável, a ponto de descambar para a violência, Giovani Ferri interveio:

— Acalmem-se, vocês vieram aqui para consultar comigo ou para brigar entre si?

— Me desculpa, Dr. Giovani, perdi totalmente o controle, isso jamais vai se repetir — falou o velho médico, em tom envergonhado.

— Em primeiro lugar, antes de falar de uma eventual denúncia, me permitam dar um conselho?

— Claro que sim — disseram os dois ao mesmo tempo.

— Malgrado a decisão final do processo, o que está para vir, sem dúvida nenhuma, trará dias difíceis, talvez até anos difíceis. Se a família dos senhores estiver desunida, isso será ainda mais dolorido. É vital que busquem força e união, do contrário, julgo quase impossível vencerem essa luta.

Com aquelas palavras, conseguiu acalmar um pouco os ânimos. Mesmo assim, Dr. Augusto não se conformava com o que estava acontecendo. Giovani prosseguiu:

— E para o senhor, meu querido Dr. Augusto, te aconselho a buscar o perdão dentro do teu coração. Obviamente, eu sei que é muito difícil o que estou te pedindo, mas é a única forma de conseguires reencontrar a felicidade.

— Não imaginas quantas vezes eu rezei nas últimas horas, depois que eu soube de tudo isso. É como se todo o mundo estivesse desabando sobre mim. Eu preferia ter morrido a passar por uma coisa dessas.

Giovani não deixou de notar que, sem embargo o desespero do avô, Jerison não derramou uma lágrima sequer. Parecia que o único ponto que o assustava era a possibilidade de ir para a cadeia, como se nada mais no mundo importasse. Ao observar a reação do garoto, não teve a menor dúvida de que era culpado pelo crime que estava sendo investigado — impossível um inocente ter aquela reação.

— Jerison, logicamente não sei o que aconteceu, e tu precisas me explicar para eu chegar à conclusão de se posso ou não te defender. O que tens para me dizer?

— Olha, doutor, eu não fiz nada, juro que não fiz nada, a polícia deve estar me confundindo com alguém parecido comigo.

— Então me diz: onde estavas naquela noite?

— Já faz mais de um ano, eu não me lembro em que lugar eu fui.

Quanto mais Giovani analisava a atitude do rapaz, mais tinha certeza de que era culpado. Perguntava-se o que fazer. Conversando com Jerison, seu desejo era mandá-lo embora de seu escritório, porém, percebendo o sofrimento daquele velho médico, tinha vontade de ajudar.

— Me fala outra coisa, alguma vez na vida tu usaste drogas?

— Mas que diabos?! Nunca usei — falou com rispidez.

— O que é isso? Mostra educação com quem está tentando te ajudar — interveio Dr. Augusto, com tremendo esforço para não perder mais uma vez a razão.

— Não foi por querer, não quis desrespeitar ninguém, me desculpa.

— Então quer dizer que nunca fumaste maconha, nem cheiraste

cocaína? — Olhava dentro de seus olhos.

— Nunca, jamais — garantiu, como se falasse a verdade.

— Ótimo, vou chamar a minha secretária para coletar um pouco do teu sangue. Se o que me falaste é verdade, isso vai aparecer no resultado do exame. Será fundamental para que não o mandem à cadeia. Claro, caso seja mentira, é bem provável que ficarás os próximos anos na prisão — blefou o advogado.

Quando fez menção de chamar sua assistente, Jerison não se conteve:

— Espera, Dr. Giovani, vamos conversar com mais calma, preciso te contar outras coisas.

Havendo falado isso, até mesmo seu avô teve certeza do que acontecera.

— Vou repetir a pergunta: me diz, rapaz, o que de fato ocorreu naquela noite?

— Eu não lembro bem, só que eu estava na casa de um amigo perto do local onde se deu o crime.

— É isso que tem para me contar? — perguntou o advogado, quase perdendo a paciência.

— Eu não matei ela, mas acho que ouvi os disparos.

— Vamos fazer o seguinte: conta a verdade para que eu possa te defender, ou podes te retirar da minha sala e procurar outro advogado. Chega de enrolação.

— É que eu não posso ir para a cadeia...

— Não estou te entendendo.

Antes de começar a chorar, um sentimento de medo tomou conta de Jerison.

— Se eu falar que foi eu que a matei, vou passar os próximos anos dentro de um presídio. Eu não consigo!

Sem exprimir qualquer som, seu avô colocou as mãos para cima, como se tentasse encontrar uma justificativa para tudo aquilo. Não teve dúvida de que seu neto era, de fato, um assassino.

— Entenda uma coisa, tu não estás sendo interrogado por um juiz ou um delegado, mas sim por alguém que pode ser teu defensor nesse processo, por isso preciso, antes de mais nada, compreender o que aconteceu.

Pairou novamente um silêncio na sala do advogado; durou alguns segundos, mas pareceram uma eternidade.

— Pensa numa situação em que um cliente mente para mim, e eu afirmo na defesa dele que jamais usou droga nenhuma. Porém, durante a investigação, fazem um teste médico e concluem que essa pessoa era contumaz usuária de entorpecentes. É impossível preparar uma defesa, se tu me esconderes a verdade. E, vê bem, o prejudicado com tudo isso não sou eu, e sim tu, que poderás ficar preso por mais de duas décadas.

— Acho que compreendi — falou, cabisbaixo.

— Já que entendeste, primeiro me conta: és ou não usuário de drogas?

— Sou sim, doutor.

A expressão de desilusão era notável na face de Dr. Augusto. Aparentava ter visto um fantasma à sua frente.

— O que exatamente tu usas? — Fez a pergunta já preparado para as próximas, que definiriam a situação.

— De vez em quando eu cheiro cocaína, não é sempre, mais ou menos uma vez por semana, mas fumo maconha quase todos os dias.

— E naquela noite, usaste algum tipo de droga?

— Sim — respondeu, envergonhado.

— Agora vou te perguntar, e preciso que fales a verdade (creio que já esclareci suficientemente as possíveis consequências de uma mentira): por que tu mataste aquela mulher? — perguntou em tom afirmativo, esperando que ele mordesse a isca.

— Acho que foi por causa das drogas.

Uma mistura de ódio e horror se instalou no semblante do Dr. Augusto. O soluço de seu choro soou tão forte que o impediu de falar. Ao enfim retomar o fôlego, limitou-se a dizer:

— Eu não acredito, eu não acredito! O que fiz para merecer isso?

Mais uma vez, o advogado observou minuciosamente Jerison. Era impressionante. Ele não tinha nenhum sentimento de culpa pelo que fez, nem de misericórdia pelo sofrimento causado ao avô. A única coisa que o movia era o medo de ir parar em uma prisão. Não teve dúvida: aquele garoto, além de um criminoso, era um egoísta, e, talvez, um psicopata.

Houve um longo silêncio na sala, até Dr. Augusto tomar a iniciativa:

— Eu sei, Dr. Giovani, que o senhor não costuma defender clientes com esse tipo de acusação, sempre te admirei por isso. Mas te peço, te imploro que abras uma exceção e representes meu neto nessa causa, mesmo que infâmia, se não por ele, por consideração à amizade de décadas entre as nossas famílias.

Aquele era o momento mais difícil para o advogado, ponderava diversos fatores ao mesmo tempo. Ora focava no que seu filho pensaria quando ficasse sabendo que seu pai estava representando um latrocida como aquele, ou na imprensa, que não iria poupá-lo; ora considerava o velho médico e tudo o que ele fizera não só por sua família, mas por toda a cidade. Não tinha ideia de como agir, mas devia tomar uma decisão.

Tentou pensar em todas as hipóteses, mas sabia que isso era impossível. Seriam no mínimo três anos de processo e desgaste; se aceitasse a causa, não a abandonaria no meio do caminho. Para ele, quem fazia isso era tudo, menos advogado.

Refletiu por mais alguns minutos e disse:

— Está bem, eu aceito patrocinar a defesa, porém, exijo algumas condições.

— Quais seriam? — perguntou o velho médico, aflito, mas com uma sensação de alívio.

— Em primeiro lugar, não posso jurar que vou conseguir a absolvição, mas garanto que farei o possível para alcançar esse objetivo. Se alguém lhes prometesse isso, estaria sendo desonesto ou irresponsável. Em segundo, não façam ou falem coisa nenhuma sem me consultar. E, por último: a partir de agora, Jerison, tu precisas andar na linha. Chega de drogas! Vai te dedicar a uma coisa que traga propósito à tua vida. Estamos de acordo?

— Prometemos que sim — falou rapidamente Dr. Augusto.

— E tu, rapaz, tens certeza de que podes cumprir essas exigências? — indagou o advogado com certa desconfiança.

— Não tenho opção, portanto, o senhor pode ficar tranquilo.

Conversaram por mais alguns minutos, e, por fim, combinaram os honorários a serem pagos por toda a causa. Depois de um pouco de negociação, chegaram ao preço de oitenta mil dólares, sendo uma entrada de quarenta mil a ser paga em três dias e outras quatro parcelas de dez mil quitadas a cada trinta dias.

Despediram-se, e Giovani pediu para Jerison voltar ao seu escritório no outro dia, às duas horas da tarde em ponto, mas sem o avô, para poderem conversar sem maiores constrangimentos.

Prestes a entrarem no carro estacionado a poucos metros dali, Dr. Augusto não se conteve:

— Tu tens noção do que fizeste, rapaz? — Socou o capô do veículo.

— Não estou me sentindo bem agora, vô, prefiro não falar nada.

— E como achas que eu me sinto, sabendo dessa covardia que tu promoveste, ou melhor, dessa atrocidade sem tamanho?! Agora responde à pergunta que te fiz.

— Eu já disse, não estou me sentindo bem.

— Escuta o que vou te falar: vou te deixar em casa, ainda não tenho coragem de dizer aos teus pais o que fizeste. Depois que almoçar, tens uma hora para ir à minha casa e entregar o carro que eu te dei.

— Não estás falando sério, né? Esse carro é meu!

— Deixa de ser idiota, garoto mimado. Melhor: tens uma hora a partir de agora, e não mais do almoço, senão vais ter que pagar teu próprio advogado. Não falo mais sobre isso!

O trajeto até a casa de seus pais durou cerca de dez minutos; não trocaram nem uma palavra. Quando desceu do carro, Jerison não disse nada, nem sequer agradeceu pelo advogado. Afastou-se lentamente em direção à entrada da residência.

— Não esqueças: te sobraram menos de cinquenta minutos — falou em tom alto para que ouvisse, olhando para o relógio, e saiu cantando pneu.

O homem ficou ali, pasmo em frente à sua casa. Acendeu um cigarro e jogou o fósforo apagado no chão, esquadrinhando suas ideias. "Como vou viver agora sem carro?", pensava.

Acabou de fumar e tomou rumo para casa. Ao entrar, o almoço começava a ser servido pela empregada.

— Aonde andava a essa hora, Jerison? — perguntou sua mãe, não fazendo a mínima ideia do que estava acontecendo.

— Passei a manhã vendo um supletivo, tenho que acabar o colégio ainda este ano, pois ano que vem já quero estar na faculdade — mentiu descaradamente.

— Aleluia, uma notícia boa! Já estava na hora de tomares jeito na vida, eu tinha certeza de que isso ia acontecer — comemorou seu pai.

Sua única irmã estudava Medicina e talvez fosse a mais esperta da casa, tanto que já notava algo de errado.

— E outra, pai, não precisas me pagar o colégio, vou vender o meu carro para não te dar mais gastos.

— Nossa, meu filho, essa é a melhor coisa que eu poderia escutar. Sou o pai mais feliz do mundo!

Almoçou apressadamente, sabia que não podia dar muitos detalhes, caso contrário, se perderia na própria mentira. Em menos de trinta minutos já estava tirando o carro da garagem e indo encontrar seu avô.

Chegou na residência de Dr. Augusto no limite do tempo, abriu a porta de madeira maciça que dava acesso à sala principal da casa e encontrou seu avô chorando sozinho e olhando para a fotografia antiga de seu casamento.

Mesmo assim, limitou-se a entrar por apenas um instante, em que deixou a chave do carro em cima de uma mesa. Antes de ir embora, falou:

— O carro está estacionado na frente da tua garagem, ele é todo teu, faças bom proveito.

Sem reação, o velho não conseguiu falar uma palavra sequer, sempre com o olhar fixo naquela fotografia.

Jerison saiu dali consternado, indignado, não porque foi descoberto, ou por remorso do que fez, mas sim porque agora teria que andar a pé.

Vagou pela cidade a tarde inteira, não sabia para onde ir ou o que fazer. Por volta das seis da tarde, sendo vencido pelo cansaço, avistou um bar a poucos passos da antiga estação rodoviária e resolveu entrar para comer e beber algo.

Havia cerca de quinze pessoas naquele estabelecimento, espalhadas em mesas de quatro lugares. Algumas preferiam ficar de pé para beber perto da televisão. Era uma gente simples, que ia comer um aperitivo ou tomar alguma coisa depois do trabalho.

— Por favor, me dá uma cerveja e um prensado de presunto e queijo — falou educadamente.

Pelo jeito que falava e o modo como se vestia, o atendente se deu conta de que se tratava de uma pessoa com mais posses em relação aos que costumeiramente frequentavam o local, mas nem imaginava quem pudesse ser.

Em questão de minutos foi servido. Sua cabeça era um turbilhão, os pensamentos se misturavam ao som das conversas das mesas vizinhas, nas quais basicamente se falava de futebol, novelas ou das traições dos colegas de profissão e de suas eventuais amantes.

Ao seu lado, sentaram-se três pessoas com aspecto de sujas. Talvez fossem mecânicos, pelas marcas de graxa nas mãos. Num primeiro instante, desprezou os sujeitos que, para ele, não tinham valor nenhum, só que era impossível não ouvir suas conversas.

— Que acharam do jogo de ontem?

— Uma pelada, aquele goleiro parecia estar bêbado.

— Eu não vi, fui na casa de uma vizinha para assistir à novela — respondeu o terceiro.

— Que isso, cara, tá virando viado? — inquiriu, enquanto o outro ria sem parar.

— Bem pelo contrário, ela está se separando do marido, e eu aproveitando. Viados são vocês, que foram ver homem chutar bola.

Ao se levantar da mesa para ir embora, Jerison notou a conversa mudar de tom. Mal conseguia acreditar no que ouvia.

— Finalmente a polícia vai pegar o desgraçado que matou a esposa do João Hamilton, depois de mais de ano. Eu cheguei a acreditar que isso não ia dar em nada.

— Sério? — perguntaram os dois ao mesmo tempo.

— Sim, vocês acham que eu brincaria como uma coisa dessas? Não sou maluco, o marido e os dois irmãos dela são meus amigos.

— E quem foi o desgraçado que fez isso? — questionou um, enraivecido.

Aquelas palavras o atingiram como um soco, levando-o a derrubar seu copo de cerveja no chão.

— É até difícil de acreditar, vocês vão se surpreender.

— Como assim? Fala de uma vez.

— Não vai me dizer que foi o João que matou ela por causa de guampa? — disse o homem mais velho; quando sorria, demonstrava ter apenas metade dos dentes.

— Duvido, jogo minha vida que não — afirmou o terceiro, um sujeito negro aparentava beirar os trinta anos.

— Fala logo, quem foi?

— A polícia tá dizendo que foi o neto do Dr. Augusto.

— O quê?! — exclamaram instantaneamente, surpreendidos pela revelação.

— Isso mesmo que eu falei. É um moleque de vinte anos, um drogado de merda que não faz nada da vida.

— Mas porque ele fez isso?

— Sei lá, como eu vou saber?

— Deve ser por causa de droga. Tem mais é que se foder um playboy desses, por mim que passe a vida servindo de mulher para os presos — falou novamente o mais velho.

— Pelo amor de Deus, pobre do Dr. Augusto, não merecia isso, ele salvou minha mãe uma vez e não nos cobrou nada.

— Mas será que....

Antes de ouvir o final da frase, Jerison já estava indo pagar a conta e sumir dali o mais rápido que pudesse.

Andou alguns quilômetros, totalmente desnorteado, até que avistou um ponto de táxi. Havia três carros parados na pista: um Fusca ano 1975, uma Brasília amarela e um Voyage ano 1982. Aproximou-se deste último, por ser mais luxuoso, e entrou.

— Para onde desejas ir? — perguntou o taxista.

De certo modo, Jerison sentiu uma pontada de felicidade. O questionamento o lembrava de que ainda não estava dentro de uma prisão, pelo menos por enquanto.

Considerou suas opções; eram poucas. Não tinha coragem de voltar para casa. Continuando a pensar, foi despertado por uma voz:

— Aonde tu queres ir? — repetiu o motorista.

— Na Rua Novembro, número 1215, próximo ao colégio Anchieta. É uma casa azul de dois andares — respondeu rapidamente.

— Por acaso é a casa do Dr. Flávio?

— Lá mesmo.

Em menos de vinte minutos, chegaram ao destino combinado. Pagou o taxista e desceu do carro.

Antes de tocar a campainha, olhou para cima e percebeu que a lua minguante chegava ao centro do céu. Nesse instante, teve a certeza de que seu mundo estava desabando; o fato de ter perdido seu carro era o menor dos seus problemas.

Diante da residência de seu melhor amigo, que conhecia desde os quatro anos de idade, não sabia se batia à porta ou se saía correndo. Resolveu ficar e tocar a campainha.

Em menos de um minuto, a empregada atendeu.

— Olá, Jerison, veio ver o Antero?

— Sim, sim, ele está aí?

— Está tomando banho. Entra e espera na sala, deve demorar só mais um pouco.

— Tá bem, muito obrigado.

Não sabia qual seria a reação da empregada, mas ficou aliviado por não ter falado algo a respeito do crime — decerto não ouvira nada acerca disso. Era um bom sinal, os boatos não deveriam ter se espalhado.

Antero apareceu logo depois, e a presença dele transmitiu um pouco de luz, como se uma vela se acendesse no meio da escuridão, fazendo com que toda a sujeira em que estava metido desaparecesse junto às sombras.

— E aí, cara, o que aconteceu para vir aqui em casa a essa hora? Já são quase nove da noite.

— Tu nem imaginas no que me enfiei.

— O que foi? Não me digas que bateste o carro de novo.

— Nem tenho mais carro, o vô tomou o meu hoje.

— Mas que merda tu fizeste? — questionou, preocupado.

— A polícia está querendo me incriminar num baita escândalo, eles só podem estar atrás de mídia.

— Em que crime? Fala duma vez.

— Numa morte.

— Oi? Eu ouvi bem? Em uma morte, é isso o que disseste?

— Sim, isso mesmo.

— E agora, cara?

— Meu avô contratou o melhor advogado da região, mas estou com medo de ir pra cadeia. Hoje ouvi uns ignorantes falando sobre isso num bar, tinha um deles torcendo para que eu me tornasse a mulher dos presos.

— Puxa vida, me conta melhor essa história. Tu mataste alguém mesmo ou estás de brincadeira comigo?

— Ora que eu ia vir aqui de táxi, à noite, para brincar com isso! É obvio que tô falando sério.

— Então me conta o que houve.

— Juras que não vais falar pra ninguém?

— Sou teu melhor amigo, lógico que juro.

— Era sexta de Carnaval do ano passado, eu tinha acabado de brigar com a Andressa, desconfiei de que ela havia ficado com outro. Aí cheirei, fumei maconha, fiquei bem maluco. Estava com pouco dinheiro na hora e vi passar uma mulher com uma bolsa e sacolas.

— Tá, e o que aconteceu? Fala logo, não me mata de ansiosidade.

— Pedi o dinheiro, ela não me entregou, começou a falar que tinha filho e sei lá mais o quê. Quando ela se mexeu, eu atirei.

— Como assim atirou? — perguntou sem acreditar.

— Tu não ouviste? Atirei, ué.

— Meu Deus, Jerison, tu mataste a mulher por causa de dinheiro?! Por que não pediste pra mim?

— Sei lá, estava muito louco, precisava de grana pra já, queria comprar mais umas gramas de cocaína para a festa, e ela passou bem naquela maldita hora em que eu parei meu carro perto dali pra fumar. O pior era que não tinha quase nada de dinheiro na bolsa, caí numa baita fria, tudo isso a troco de nada.

— Na tua opinião o pior é isso, cara? Enlouqueceste? — Sem querer acreditar, inquiriu: — E depois?

— Quando eu vi que tinha pouco dinheiro, entreguei a bolsa dela com o que havia dentro numa vila. Só consegui dois gramas de pó.

— Tá me dizendo que depois de matar a mulher, ainda roubaste a bolsa dela por causa de cocaína? Tu és doente! Como me faz uma coisa dessas?!

— Foi mal, mas agora tá feito, preciso me livrar dessa. Podes me ajudar ou não?

— Como é que eu vou te ajudar?

— Não sei, isso é o advogado que vai falar.

Jerison era um idiota, porém, Antero estava disposto a auxiliá-lo mesmo assim. Tinham se criado juntos, e ele nunca iria se negar a socorrê-lo, principalmente num momento desses.

Ficaram mais um tempo conversando e foram para os fundos da casa acender um cigarro de maconha. Precisavam se acalmar, não sabiam o que o futuro lhes reservava, mas Jerison estava certo do que queria: a liberdade e, de preferência, sua vida de volta como era, com todas as regalias e sem nenhum compromisso.

Já era quase meia-noite quando Antero deu uma carona para seu amigo. Ele queria se certificar de que todos estivessem dormindo no momento em que chegasse; tinha quase certeza de que não sabiam de nada, mas não gostaria de correr o risco de ser incomodado.

Entrou pé por pé, subiu as escadas e foi ao seu quarto fazendo o mínimo de barulho. Demorou para dormir, e, em poucas horas, foi despertado aos gritos pela sua mãe:

— O que é isso? Me diz o que é isso? — falava aos berros.

— Para, mãe, não vês que estou meio dormindo?

— Foi mesmo tu quem fizeste isso?

— O quê? — perguntou, esperando o pior.

— O que está na capa do jornal. — Ao encerrar a frase, sua fúria se confundia com lágrimas. Não aguentou e jogou o periódico contra o rosto do filho.

— Meu Deus, como isso foi parar no jornal? A casa caiu.

— "A casa caiu"? O que queres dizer com isso? És realmente um assassino?! — gritava tão alto que seu pai e sua irmã se levantaram correndo, achando que uma tragédia ocorrera.

Até aquele momento, a família de Jerison pensava que seu único problema era o vício em drogas. Nunca imaginaram que ele seria capaz de matar alguém — uma mulher inocente, ainda por cima.

Anos atrás, seu pai, Marco Andrade, um respeitado engenheiro, começara a desconfiar de que havia algo errado com o filho. Não era possível ele ir tão mal no colégio, mas, ao mesmo tempo, nunca ter sido um jovem agressivo, pelo contrário: tinha a simpatia de quase todos os professores.

Quanto mais o tempo foi passando, menos o garoto se interessava pelo estudo. Enquanto sua irmã cursava a faculdade de Medicina, ele nem sequer havia se formado no colégio.

No início, supunham que seu problema se resumia às garotas, e não às drogas. Ele tinha diversas namoradas jovens e bonitas, todas ávidas por um relacionamento mais sério, contudo, eventualmente, iam sumindo, sendo trocadas pela maconha ou cocaína. "Troca estúpida", seu pai sempre pensava.

Chegou quase junto com a filha ao quarto e se deparou com sua mulher aos prantos, xingando e esfregando o jornal na face de Jerison. Não entendeu nada. Casado com Isabela havia quase trinta anos, aquilo não lhe fazia sentido: jamais escutara sua esposa levantar a voz.

— Isabela, o que aconteceu? Por favor, me explica — interpelou, assustado.

— Olha isso, Marco, olha o que esse guri fez. Eu criei um monstro, e não um filho. — Mostrou-lhe a capa do jornal.

Ele não conseguia acreditar no que lia, era como se estivesse tendo um pesadelo ou vendo uma assombração. Pasmo, não falou nada; parecia que sua vida tinha perdido todo o sentido.

Desceu para seu quarto, tirou o pijama e colocou uma roupa. Continuava a ouvir os gritos de sua mulher, e agora também de sua filha, ambas ofendendo Jerison com todas as palavras imagináveis.

Não sabia o que fazer, chegou a pensar em pegar seu revólver calibre trinta e oito e se dar um tiro, mas ao lembrar-se do pai, da mulher e da filha, desistiu da ideia. Estava perdido, à deriva no meio de um oceano de desespero. Sentara na sua cama, assolado pela dor.

Teve vontade de voltar ao quarto do filho e espancá-lo, mas lhe faltou coragem. Então caminhou até a frente da residência e acomodou-se em um banco de madeira e ferro que ele mesmo fabricara. Analisava e relembrava a construção daquela casa, que conseguiu com tanto sacrifício. Naquele momento, porém, mais parecia um pai observando o caixão de um filho poucos minutos antes deste ser enterrado.

No início de 1962, adquiriu o terreno com as economias de dois anos de serviço, depois começou a construção de seu projeto. Não era apenas uma casa, era o planejamento de sua vida; ali sonhava criar seus filhos para que, na velhice, pudesse curtir seus netos. Em pouco mais de três anos, já estava morando com sua mulher grávida e uma filha pequena no imóvel de estilo renascentista e fachada imponente. Seu pai era um médico benquisto, mas tudo que Marco adquiriu foi através de muito trabalho, sonhando desfrutar uma velhice tranquila após uma vida de esforço.

Pela primeira vez na sua trajetória, achou que havia feito tudo errado: "Eu trabalhei tanto pra merecer isso, deveria ter vivido mais e trabalhado menos". Permaneceu mais de uma hora sentado no banco, procurando lembrar todos os detalhes daquela construção, até que foi despertado por alguns gritos.

— Marco, vem pra cá, o Jerison está ameaçando se suicidar! — gritou sua mulher.

"Era só o que faltava...", pensou e voltou correndo para dentro de casa. No quarto, a cena que via era tenebrosa. Jerison estava com um revólver, aparentemente um calibre trinta e oito, com o cano todo dentro da boca. Emitia sons ininteligíveis, semelhantes a um tipo de uivo. À frente dele, a mulher e a filha estavam em transe.

A situação chegou ao ápice quando ele engatilhou a arma e fez menção de atirar. Nesse momento, as duas começaram a gritar sem parar, e Marco as interrompeu:

— É isso que tu queres? Além de seres lembrado como um assassino, seres lembrado como um covarde que tirou a vida na frente da mãe e da irmã? — falou com enorme medo de provocar o efeito contrário ao desejado.

— Mas pai, eu não vou aguentar isso, como vou sair na rua? — disse, a voz embargada pelas lágrimas e pelo desespero.

— Pelo menos vais conseguir sair em pé, é melhor do que dentro de um caixão.

— Não tenho certeza disso; melhor é acabar com tudo agora.

A verdade era que Jerison só se importava consigo mesmo, não estava nem aí para a família, muito menos para o sofrimento dos parentes da mulher que assassinara.

Sua mãe, mesmo que inconscientemente, sabia disso. Foi obrigada a se meter para tentar salvar a vida do filho:

— Não te lembras do que acontece com as pessoas que se matam? Preferes passar o resto da eternidade no Inferno?! — falou com tanta convicção, como se já tivesse vivenciado uma cena como aquela.

— Para com isso, mãe, como podes dizer uma coisa dessas? — rebateu.

— Olha, meu filho, não sou eu que estou afirmando, mas sim a própria Bíblia Sagrada, e tu sabes bem. Não ouses fazer uma bobagem dessas. Certamente Deus pode te perdoar pelos teus erros, mas não por um suicídio.

Para a filha mais velha, Mariana, o problema, na realidade, não era ele se matar, e sim continuar vivo. Passaria a vida dando trabalho para os pais e envergonhando-a diante de todos. O imenso medo que sentia se transformava, agora, numa enorme raiva. Ela desprezava o irmão. Ele puxar aquele gatilho seria uma boa solução, apenas não o incentivou porque não queria ver seus pais sofrendo.

— Não acredito em todas essas histórias — disse Jerison. — Era o que as freiras falavam no colégio, mas ninguém tem provas de que é verdade.

— Ora, rapaz, vais me dizer que não acreditas mais em Deus? Aonde pretende chegar com essa conversa? Ou tu deixas a gente te ajudar, ou vais passar sei lá quantos anos no Inferno — falou sua mãe.

Mariana não acreditava no rumo que aquela conversa estava tomando, talvez porque sempre foi contra os princípios da Igreja, ou, simplesmente, porque no seu íntimo ambicionava que tudo acabasse de uma vez por todas.

Do interior do quarto, ouviram passos rápidos se aproximando, como se alguém corresse na direção deles. Quando se deram conta, Antero já se juntara ao grupo.

— Que merda é essa? — indagou.

— Eu vou acabar com tudo, meu amigo, não aguento mais.

— Que merda é essa?! — repetiu, pego pela surpresa de ver o melhor amigo com uma arma apontada para si.

No andar de baixo, as duas empregadas da casa, apavoradas, não sabiam se chamavam a polícia, uma ambulância, um padre ou alguém da família.

— Que desgraça, o que vamos fazer? — perguntou uma delas.

— Quem sabe ligamos para o Dr. Augusto? — sugeriu a outra.

— Não, ele não merece passar por isso, já no final da vida.

Voltando ao quarto, Antero recuperou o raciocínio: conhecia seu amigo como ninguém; concluiu que só tinha um caminho para levá-lo a desistir daquela ideia estúpida de se matar com um tiro na boca. E seria fácil.

— Estás pirando, Jerison? Vais tirar a tua vida por uma coisa que tu não fizeste?! Tá querendo encobrir o homem que matou aquela mulher? Não estou te reconhecendo, cara, viraste um covarde? — Seu raciocínio fora perfeito, mesmo que sem pudor.

Aquelas palavras provocaram o silêncio, e uma enorme interrogação se criou dentro de todos que ali estavam, à exceção de Mariana. Antero falou com tanta certeza que inclusive Jerison quase acreditou ser inocente.

— Como assim? — disse Isabela. — Estás me dizendo que essa matéria colocada no jornal é mentira?

— Claro que é, senhora. Por que ele mataria uma mulher que nem conhecia? Aliás, nessa noite ele estava na minha casa, meus pais foram viajar, e ele ficou o tempo todo lá. Dormiu no quarto de hóspedes.

— Isso que estás falando é muito sério, Antero. Tens certeza? — inquiriu Marco, sem ideia do que pensar.

— Lógico que tenho, eu lembro como se fosse hoje. Era uma sexta-feira, véspera de Carnaval no ano passado.

— Oh, meu Deus, o que está acontecendo aqui? Por que acusaram meu filho disso? — disse Isabela, chorosa.

Jerison se encheu de esperanças e largou a arma em cima da cama:

— Viram o que acabaram de fazer? Eu quase me matei por causa da desconfiança de vocês. Se a minha mãe e a minha irmã acham que eu sou um assassino, seria melhor eu me matar mesmo. — Olhava para o revólver.

— Sempre foi assim, e, no final, se passa por vítima — criticou Mariana, desconfiada da nova versão.

— O que tu estás querendo dizer, guria? — replicou seu irmão com olhar de ódio.

— Parem, por favor! — gritou Marco, interrompendo-os. — A gente já tem problemas demais, não comecem a brigar. Parece que ainda não cresceram.

Depois de um parco instante de quietude, Isabela indagou, insistente:

— Eu não entendo, por que a polícia está fazendo isso? Por que razão incriminaram meu filho por uma coisa tão grave?

— Eu sei, tia Isabela: a polícia, mais uma vez, foi incompetente e não conseguiu achar o suspeito. Aí o que eles fazem? É fácil...

— Fácil como? Me explica, pelo amor de Nossa Senhora.

— A imprensa começa a cobrá-los pela incompetência deles. Então a polícia planta uma testemunha e acusa alguém de uma família conhecida, aproveitando-se da mídia para ganhar o respaldo da população. Por que a senhora acha que saiu essa reportagem? Se eles quisessem apenas desvendar o crime, qual a razão de botar na capa do jornal?

— Mas por que o Jerison? — perguntou ingenuamente.

— A senhora conhece teu filho: ele teve muitas namoradas, tem um bom carro, é de uma família bem de vida, considerado por muitos um playboy, ou seja, a vítima perfeita. Se o "criminoso" fosse um pé de chinelo, não estaria na capa do periódico, não seria notícia, e os policiais não ganhariam pontos com a sociedade.

— Eu duvido que a polícia faria uma coisa dessas. Não sei se a tua imaginação é fértil ou diabólica — intrometeu-se Mariana.

— Faz sim, pode fazer o que quiser — respondeu em tom debochado. — E, acredite, tem policiais muito piores do que bandidos.

Isabela, no fundo, não queria acreditar que seu filho tinha matado aquela mulher. A despeito disso, imaginava que a acusação poderia ser verdadeira. "Não é possível eu ter criado um monstro..." Esse pensamento a atormentava de tal forma que começou a passar mal, a ponto de desmaiar.

— Estás feliz agora? — disse Mariana, referindo-se ao irmão.

— Feliz pelo quê? Sua mal amada! — respondeu gritando, sem notar que sua mãe jazia desacordada num sofá.

— Parem de brigar! Por acaso são cegos? Não veem que a mãe de vocês não está passando bem? Querem que ela morra?!

A raiva dele levou-os a interromper a discussão. Logo depois disso, uma das empregadas entrou no quarto, dizendo que já tinham chamado o Dr. Augusto.

Ao ouvir essas palavras, Jerison ficou mais apavorado do que nunca. "Tô frito, agora meu avô vai chegar aqui e dizer pra todo mundo o que realmente aconteceu", pensou.

— Eu não vou esperar ninguém, vou levar minha mãe agora para o hospital — fingiu preocupação.

— Nem pensar, a estudante de Medicina aqui sou eu. Tu não passas de um vagabundo. E esperaremos o vô, sim, ele saberá o que fazer — disse, providenciando os primeiros socorros à mãe, que já despertara.

Mal conseguia acreditar em como sua irmã era metida e nojenta; teve vontade de lhe dar um tapa no meio do rosto. Sabia que não poderia fazer isso, não por falta de coragem, mas porque sua situação já estava delicada demais; não queria mais complicação para o seu lado.

Acabaram as alternativas, a não ser contar com a sorte para que seu avô não falasse nada, pelo menos naquele momento.

Em minutos, um carro buzinou lá fora, para o pânico de Jerison. Era o sinal de que seu avô estava na frente da sua casa — sempre que chegava, dava duas buzinadas para que alguém lhe abrisse o portão da garagem.

Ouvindo os passos do velho se aproximando, teve vontade de fugir pela janela. Ao vê-lo, porém, notou que ele estava acabado e quase sentiu um pouco de piedade daquele homem.

— O que houve com a minha nora? — perguntou preocupado.

— Ela desmaiou e ficou desacordada por alguns instantes, acho que foi o estresse provocado pelo idiota do meu irmão.

Antes de médico, ele era um excelente ser humano. Analisou Isabela, mediu sua pressão e a medicou, dizendo com um aperto no coração:

— Vai ficar tudo bem, querida, nós vamos cuidar de tudo. Nada de ruim acontecerá com o teu filho.

Jerison sentiu alívio, ele próprio acreditando no avô. Todavia, ao abrir a boca, novamente foi atormentado pela irmã:

— Como assim não vai acontecer nada, vô? A polícia tá afirmando que ele é um assassino — não conteve a revolta. Tão logo falou, se arrependeu, vendo o estado de sua mãe.

— Calma, Mariana, ontem seu irmão e eu já contratamos o melhor advogado para defendê-lo.

Ditas essas palavras, um ar de desconfiança cresceu ainda mais sobre aquela casa.

— Espera aí: Jerison, tu já sabias de tudo e não foste capaz de nos falar? Procuraste teu avô, desconsiderando a idade dele? — perguntou seu pai, o último da família a perder a paciência.

— Raciocina comigo, pai, eu estava desesperado, sem ideia do que fazer, não tive coragem de contar para o senhor.

— Para o teu avô tu tiveste coragem não só de falar, mas também de pedir para ele contratar um advogado. Sejam sinceros: o que mais vocês estão me escondendo?

— Não estou escondendo nada, o resto da história eu acabei de contar. Não matei ninguém, esses desgraçados da polícia estão tentando me incriminar.

À medida que Jerison se pronunciava, era visível a expressão de desilusão do Dr. Augusto. Seu desapontamento com o neto foi tão grande que chegou a sentir uma dor súbita. Precisou se esforçar para não contar a história verdadeira, só não o fez pois causaria mais dor e sofrimento. Tinha, porém, consciência de que não poderia viver sustentando aquela mentira.

"Infelizmente, meu neto é um psicopata. Se eu não contar a verdade, vou morrer logo, e Deus nunca vai me perdoar", refletiu. Prometeu a si mesmo que, mais cedo ou mais tarde, teria de revelar tudo.

— Ainda não acredito que contrataram um advogado sem me consultar! Posso ao menos saber quem é esse profissional? — esbravejou Marco.

— O Dr. Giovani Ferri assumirá a defesa. Todos vocês o conhecem, sabem de sua competência e do respeito que ele tem com a comunidade — disse, calmamente, Dr. Augusto. — Ontem, quando saí do escritório dele, não tive coragem de vir conversar com vocês. Estava em choque, nem conseguiria explicar isso tudo. Foi o segundo pior dia da minha vida, só superado por aquele em que a tua mãe faleceu. — Abraçou o filho, sem conter as lágrimas.

— Fica calmo, eu sei que agiste com a melhor das intenções.

— Lamento por descobrirem a notícia pelo jornal.

— E o que nós precisamos fazer? É necessário também irmos conversar com o Dr. Ferri? — questionou Marco.

— Não te preocupes com isso agora. Tenho somente mais uma coisa a confessar.

— O que foi? — perguntaram quase todos ao mesmo tempo, apreensivos, inclusive Jerison, boquiaberto de susto com a frase. Não conseguia acreditar que o velho ia ferrar com ele. "E agora, o que vou fazer?"

— Eu confisquei o carro que dei a Jerison para ajudar a pagar sua defesa, e o Dr. Giovani exigiu que ele estude e faça algo de prestativo na vida, além de não se meter mais em confusão, caso contrário, largará a causa. Se isso acontecer, Jerison dificilmente escaparia de passar anos atrás das grades.

O assassino não conseguia acreditar no conforto que estava sentindo, era como se tivesse escapado de uma facada no meio do peito. Jurou que seu avô colocaria tudo a perder, e, no fim, chegou a ter vontade de enchê-lo de beijos. Se fizesse isso, porém, sua irmã desconfiaria ainda mais.

— Nada mais justo, pai. Mas, por favor, ele é meu filho, deixa que eu pago os honorários do advogado.

Aquilo era demais para Mariana. "Enquanto milhares de pessoas a poucos quilômetros daqui passam fome e nem sequer possuem água e luz dentro de casa, dois homens de bem disputam porque ambos querem pagar um advogado para defender esse inútil, o que certamente deve custar uma pequena fortuna."

— Vagabundo de sorte — disse, retirando-se do ambiente.

No mesmo dia, durante o café da manhã, João Hamilton folheava rapidamente o jornal, como sempre fazia antes do trabalho. Ao conferir a página policial, sem querer acabou derrubando seu copo de leite no chão, pelo tamanho do assombro quando viu a manchete: "Depois de mais de um ano, polícia aponta suspeito de assassinato".

Apavorou-se com o que lia. Já tinha perdido as esperanças de saber quem era o assassino de sua esposa. Por incontáveis vezes, foi à delegacia, e em todas as ocasiões um policial diferente o atendia, dizendo que era para ter paciência. Nunca lhe revelavam detalhes sobre o caso.

Na mesma hora, Dona Isaura, sentada à mesa, notando que algo acontecera, perguntou:

— O que houve, meu genro? Parece que estás vendo uma assombração.

— Olha isso! Mal consigo acreditar!

— Meu amado Senhor! Eu sempre soube que Deus estava olhando por nós. Até que enfim! A Justiça tarda, mas não falha — disse, eufórica, fazendo repetidamente o sinal da cruz, após enxergar o título da reportagem.

Então, com grande ansiedade, iniciaram a leitura da matéria, assinada pelo repórter criminal mais respeitado da cidade.

> "Na véspera de Carnaval do ano passado, a dona de casa Aurélia, esposa do professor de educação física João Hamilton, mãe de um filho de apenas cinco anos à época do fato, foi brutalmente assassinada com vários disparos de arma de fogo, enquanto buscava o jantar para comemorar o início da vida escolar do menino, que começaria a estudar dentro de poucos dias.
>
> O caso era um mistério, pois tratava-se de uma mulher comum, com nenhuma passagem pelo submundo do crime e nenhum inimigo conhecido. Pelo contrário, era uma mulher benquista pela vizinhança, que dedicava sua vida a cuidar da casa e da família. Por esses motivos, ao longo de mais de um ano, o grande ponto de interrogação para a autoridade policial era quem poderia ter cometido tal atrocidade..."

Antes de começarem a ler o próximo parágrafo, totalmente inertes pela surpresa da revelação, os dois ouviram um barulho proveniente do quarto. Pedro Henrique acordara e vinha na direção deles.

Os dois simplesmente paralisaram, não sabiam que atitude tomar. Havia semanas ele tinha parado de perguntar quem matou sua mãe e o porquê.

"E agora, o que fazer?", pensou João Hamilton, olhando para a sogra. Ela estava branca como um papel, semi-hipnotizada; não conseguiria falar.

Mesmo antes de ler o restante da notícia que quase matava os dois de agonia, escondeu o jornal embaixo da cesta de pães e colocou seu filho no colo, dizendo:

— Um dia, te tornarás um homem adulto, e espero que tenhas uma vida feliz, que encontres uma esposa, que faças filhos saudáveis e alegres. Este é o maior sonho da minha vida. — Notando a reação de surpresa do filho com aquela conversa, continuou: — Existem coisas que demoram a ser descobertas, mas tudo o que se faz de errado, aqui se paga. Com isso, eu quero te dizer que, enfim, a polícia encontrou o assassino, e ele certamente vai pagar pela maldade que cometeu.

Pedro Henrique desatou-se a chorar. Seu pai não sabia como acalmá-lo. Isso durou minutos, que mais pareciam horas. Ainda o segurava no colo quando ouviu um outro barulho, agora a campainha. "Será que é alguém da polícia avisando que o assassino foi preso?"

Mal Dona Isaura abriu a porta, ouviram em uma mistura de euforia e raiva:

— Finalmente! Finalmente pegaram o filho da puta!

João Hamilton não conseguiu identificar a voz por causa do choro incessante do pequeno. Então apareceram Seu Armando e seus dois filhos, os três carregando um jornal debaixo do braço, como se armados para enfrentar uma guerra.

A mãe observou seus filhos entrando na casa e perguntou-se como eles poderiam ter mudado tanto em pouco mais de um ano. Depois que a irmã morreu, aquelas duas criaturas, que sempre foram pacatas e amáveis, se transformaram em homens totalmente diferentes.

O mais velho, Joaquim, recém-completara cinquenta anos, e havia quase trinta trabalhava no mesmo frigorífico, praticamente desde sua fundação — seu patrão, quando a encontrava, elogiava Joaquim por nunca ter faltado nem um dia ao trabalho. O homem se casara aos dezoito, tinha uma vida feliz com sua mulher e seus três filhos, mas após o assassinato não falava em outra coisa a não ser matar o responsável da pior maneira possível.

A mudança mais visível era do seu outro filho, Manoel. Depois do acontecido, sempre que saía do serviço, em vez de ir para sua casa como de costume, perambulava pelos vilarejos da cidade sondando todos que encontrasse, a fim de procurar notícias sobre o assassino da irmã. Quanto mais o tempo ia passando sem respostas, mais sua fúria e revolta aumentavam.

No dia do velório da irmã, Manoel prometera a si mesmo que não descansaria até encontrar o criminoso, a vontade era mais forte do que tudo. Tinha fama de bom cozinheiro, mas sua desatenção no ofício — logicamente, causada pela obsessão — quase lhe custou seu emprego no restaurante em que trabalhava. Apenas sua mulher e as filhas o confortavam, pois o entendiam perfeitamente. Se não fosse por elas, talvez teria entrado em um grau de loucura irreversível.

Até mesmo a fisionomia dos irmãos fora decomposta pela raiva e euforia, sentimentos que rapidamente viraram tristeza, ao perceberem que seu sobrinho estava sentado no colo do pai, chorando sem parar. A imagem foi como um choque para todos.

Seu Armando, sem dúvida o mais sensato do trio, fez sinal para que sua mulher tirasse o menino dali. Dona Isaura prontamente o levou para tomar banho. A última coisa que eles queriam era que a criança presenciasse a conversa que estava prestes a acontecer.

— Antes de vocês falarem qualquer coisa, deixem eu acabar de ler a notícia, senão vou ter um infarto — falou João Hamilton, voltando os olhos para o jornal.

"Depois de eliminar alguns suspeitos que cometiam pequenos crimes naquela área, a polícia praticamente encerrara o caso. No entanto, em fevereiro deste ano, cumprindo um mandado de busca e apreensão relacionado a uma investigação sobre tráfico de drogas alheia à morte de Aurélia, foi encontrada a bolsa roubada da vítima após os disparos de arma de fogo que a mataram.

Diante dessa coincidência, reabriu-se o caso com uma outra linha de investigação. Descartou-se a hipótese do traficante de posse bolsa ser o assassino, pois, à época, ele estava preso no presídio da capital, em regime fechado."

A cada frase da reportagem, mais ficava pasmo com a imensa quantidade de detalhes que ele nunca imaginaria existir. Com as mãos trêmulas, concluiu a matéria.

> "Dada a colaboração do próprio traficante preso e de outras quatro testemunhas, chegou-se ao suspeito Jerison Andrade, jovem de classe alta, neto do Dr. Augusto Andrade, um médico de prestígio na região. Segundo a polícia, Jerison teria executado Aurélia por esta haver reagido a uma tentativa de assalto. Em seguida, trocou o conteúdo da bolsa da vítima por alguns gramas de cocaína.
> O inquérito encontra-se em fase final, uma vez que falta ouvir a versão do suspeito, o que ocorrerá dentro de poucos dias."

Não conseguia acreditar: sua esposa fora morta por causa de cocaína, logo por um riquinho que tinha dinheiro de sobra, e, agora, seu filho seria criado sem mãe. Aquilo tudo era demais para ele.

Sua primeira vontade foi pegar uma arma e matar o maldito, mas, antes, desejava fazê-lo sofrer como um porco sangrado. Até então, mal tinha olhado para seus cunhados, e quando os notou, teve a certeza de que não faria aquilo sozinho: assemelhavam-se mais a dois pistoleiros sanguinários do que às pessoas simples que sempre foram.

— É mais fácil o mundo acabar do que esse desgraçado sair impune — esbravejou Manoel.

— Quando eu pegar esse filho da mãe, ele vai desejar nunca ter nascido. Primeiro vou arrancar suas bolas e fazê-lo comer como se fosse Pingo d'ouro; depois, vou enchê-lo de tiros — falou Joaquim, os olhos vermelhos de tanto ódio.

— Parem com isso! — exclamou Seu Armando, dando um soco na mesa. — Eu não criei vocês com tanto sacrifício para se transformarem em bandidos.

— Que isso, pai? Enlouqueceste? Só falta querer defender esse monstro — interveio Joaquim.

— Nunca mais fales uma besteira como essa! Tu achas que algum dia eu vou defender quem matou minha filha? Jamais repitas isso. Por favor, me escutem: bandido é ele, e não vocês.

— Nós sabemos disso, pai. Só quero te lembrar que ele matou nossa irmã! Não vai ficar assim — disse Manoel.

— Vou pedir mais uma vez: me ouçam. — Seus olhos se encheram de lágrimas, e os demais silenciaram. — Nas suas consciências, no fundo de seus corações, conhecendo a irmã de vocês, realmente acham, seja qual for o lugar em que ela esteja agora, que conseguiria descansar se um de nós fosse preso porque vingou a sua morte?

A frase serviu como um milagre, fazendo com que os três pensassem um pouco sobre tudo que estava acontecendo, o que certamente concedeu alguma sobrevida a Jerison. Seu Armando prosseguiu:

— E todos vocês possuem filhos para sustentar, inocentes que não pediram para vir ao mundo.

Aquietaram-se. De fato, o destino é inexplicável: uma casa outrora repleta de sinceridade e simplicidade agora se encontrava envolta numa áurea de ódio, raiva e amargura.

— Então, o que vamos fazer? — questionou Joaquim.

— Qual é tua ideia, pai? — perguntou o outro irmão.

— Em primeiro lugar, saibam que não tem dia nem hora em que eu não pense em como matar quem fez isso com a minha filha. Se alguém fosse se encarregar de um homicídio, seria eu. Já criei meus filhos, vocês não, então isso não se discute mais. Se um de nós tem que ir preso, que seja o velho que já viveu tudo o que tinha para viver. — Pegou um lenço em cima da mesa e secou o rosto umedecido. — Vamos confiar na Justiça; sinceramente acredito que ela será feita.

— Mas, pai, te recordas de um rico que tenha sido preso no nosso país? — perguntou Joaquim.

João Hamilton, que até então estava apenas quieto, guardando seu ódio para si, enfiou-se na conversa:

— Vocês dois perderam a irmã, o senhor perdeu a filha, mas quem perdeu a mulher fui eu, e quem perdeu a mãe foi meu filho. Por isso, proponho o seguinte: vamos esperar esse tal de julgamento. Se a Justiça funcionar, tudo bem, mas se não acontecer nada, nós o mataremos lentamente. De acordo?

— Eu já falei sobre isso: em caso de absolvição, vou matá-lo eu mesmo, e vocês seguirão suas vidas — disse Seu Armando, com a firmeza de um general.

Pedro Henrique, recém-saído do banho com sua avó, obrigou-os a mudar o rumo da conversa. Mas já haviam concordado: esperariam pela decisão judicial.

Exatamente às duas horas da tarde, Jerison e seu amigo Antero chegaram no escritório do Dr. Giovani Ferri. O local não chegava a ser luxuoso, mas era bonito. Quanto à sua decoração, o advogado evitou mobiliar com artigos caros, não que lhe faltasse dinheiro, mas se fizesse isso constrangeria as pessoas mais simples que corriqueiramente procuravam seus serviços.

Sua carteira de clientes era sortida, variava dos mais ricos da região a serventes de pedreiro. Tinha apenas dois funcionários, sendo um deles uma secretária que o acompanhava havia quase quinze anos. Porém, quem chamava mais sua atenção era seu assessor, Inácio, seu braço direito. Tinha apenas dois anos a mais do que o agora investigado Jerison, no entanto, eram de personalidades totalmente diferentes. Enquanto um teve uma vida carregada de indisciplina e vagabundagem, sobrava inteligência e sensibilidade para o outro, além de ser uma das pessoas mais esforçadas que o advogado já havia conhecido. Agora ambos colhiam o que plantaram durante suas vidas, tanto que o mais velho estava prestes a se formar em Direito com emprego já garantido, e o outro corria um grande risco de ser preso.

— Boa tarde, como posso ajudá-los? — falou gentilmente a atendente.

— Tenho marcado um horário com o Dr. Giovani — mesmo na situação em que se encontrava, mantinha o tom de arrogância, mal olhando para a secretária.

— Sinto dizer que ele vai atrasar um pouco, mas pediu que o esperes.

— Como assim vai demorar? Ele *exigiu* que eu estivesse aqui neste horário! E meu amigo tem mais o que fazer — disse, levantando a voz.

Com o barulho, Inácio, que analisava um outro processo na sala ao lado, dirigiu-se à recepção e interveio:

— O Dr. Ferri vai se atrasar, sim, e tu imaginas o porquê disso?

— Isso não me interessa, eu marquei às duas da tarde e quero ser atendido agora.

— Olha, rapaz, tenho certeza de que te interessa, sim. Ele não está aqui justamente por tua causa. — Jerison mostrou um sorriso debochado e tentou argumentar, mas Inácio continuou: — Ele passou a noite estudando tua investigação, talvez nem tenha dormido, e mesmo assim não está em casa descansando. Neste exato momento, está tentando convencer o delegado de polícia a não pedir tua prisão preventiva.

Com essas palavras, as expressões de deboche carregadas de arrogância desapareceram e deram lugar ao pânico.

— Como assim? — perguntou, assustado.

Quando ia começar a explicar o que acontecia, outros clientes entraram no escritório, o que fez com que silenciasse.

— Passem os dois aqui na minha sala, por favor? — falou na sequência, seco, porém educado.

A perspectiva de ser preso deixava Jerison embaraçado e sem chão. Mal entrou na sala, começou a chorar desesperadamente, como se ele tivesse sido a vítima de um crime grave.

— Por que querem fazer isso comigo? Eu não fiz nada de errado, sou inocente, a polícia tá querendo me destruir?

— Para início de conversa, deixa teu acompanhante se apresentar.

— Eu me chamo Antero, vim aqui na condição de amigo e testemunha.

— Testemunha de quê? — perguntou, intrigado.

— Da inocência do meu amigo, ora de quê!

Os três estavam tensos demais para serem educados.

Inácio fitou-os com um olhar de desprezo. Sua primeira vontade foi de falar algumas verdades para aqueles playboys mentirosos, mas conteve-se. Era praticamente um advogado, precisava aprender a lidar com este tipo de situação.

— Me escutem: que essa seja a primeira e última vez que alguém levanta a voz com a secretária, ela está apenas fazendo seu trabalho para poder sustentar sua família, diferente de vocês, que certamente não têm essa responsabilidade.

No instante em que Antero tentou se justificar, não teve chance.

— E, no mais — continuou Inácio —, vocês devem saber que o Dr. Ferri é um homem muito respeitado e ocupado. Se ele se atrasa para um compromisso, não é porque estava tomando cafezinho ou perdendo tempo com bobagens, e sim porque anda envolvido em um evento sério, como é o caso atual.

Os dois, contrariados, fizeram um gesto positivo. Inácio enfim se apresentou, e trocaram apertos de mão.

Em pouco tempo, Dr. Giovani Ferri chegou com cara de poucos amigos. Os quatro se reuniram em sua sala.

— Preciso ser honesto contigo, meu caro Jerison. Seria muito mais fácil se eu te escondesse a verdade, mas como teu advogado, não posso fazer isso. Tua situação não está nada fácil.

— O que vai acontecer? Não me digas que eu vou ser preso!

— Não posso te garantir que isso não venha a acontecer.

— Então não é melhor ele fugir antes que isso aconteça? — perguntou Antero.

— Em hipótese alguma, nem pense em fazer isso, aí sim a situação se complicaria ainda mais.

— Mas não é melhor estar foragido do que preso? — insistiu no questionamento.

— Sei que estás nervoso, mas precisas me ouvir e confiar em mim.

— Confio em ti, doutor, por favor, me ajuda, não me deixes ir preso — falou o acusado, sendo atrapalhado pelo choro.

— O delegado de polícia, ao que me parece, vai representar pela tua prisão preventiva, mas não é ele quem decide se tu serás preso ou não, e sim um juiz. Antes dele julgar, um promotor de justiça vai dar seu parecer.

— Por que o senhor acha isso? — perguntou Jerison.

— Eu não *acho*, tenho quase certeza, conheço aquele delegado há mais de dez anos, sei como ele trabalha. Quando eu lhe perguntei sobre um eventual pedido de prisão, ele logo mudou de assunto, e toda vez que age assim, é porque já decidiu o que fazer.

Quanto mais o advogado falava, mais a expressão de medo dos dois amigos aumentava. "Pela primeira vez estão realmente encarando a vida como ela é, longe de todas as mordomias com que foram criados", pensou o causídico.

— Vou tentar explicar a vocês da maneira mais simples possível, sem nenhum linguajar jurídico, para que entendam sobre esse pedido de prisão. Pode ser?

— Claro que sim — falaram quase ao mesmo tempo.

— No Brasil, a regra é que a pessoa vá para a cadeia somente depois da existência de uma condenação e do processo acabado, entretanto, há exceções, nas quais o suspeito pode ficar na prisão durante o processo criminal ou até mesmo ao longo do inquérito policial.

— O senhor quer me dizer que eu me encaixaria nessa exceção, mesmo sendo réu primário?

— Simplificando, nesse momento tu tens grandes chances de ir preso. Existe a figura da prisão preventiva, e, para ser decretada, necessita-se que o caso cumpra algumas peculiaridades.

— Quais são elas? — perguntou, antes que prosseguisse a explicação.

— Na tua situação, por exemplo, ficou claro que se ele representar pela tua prisão será baseado na garantia da ordem pública. Boa parte das pessoas da cidade, principalmente as mais pobres, que são maioria no nosso país, estão muito revoltadas, a ponto de, se te encontrarem na rua, partirem para uma agressão.

Vendo a expressão de horror na face de Jerison, pediu para que Inácio lhe servisse um copo de água, e logo continuou:

— Ainda, ele pode entender que tu planejes fugir para o exterior, a fim de evitar as consequências do processo, e, com isso, pedir sua prisão preventiva também fundamentado no risco de não aplicação da lei penal. O ideal seria que eu entregasse o teu passaporte ao delegado, para minimizar esse risco. Tu concordarias?

— Creio que não tenho outra opção.

— Inácio, me providencia isso urgente, vai agora até a casa dele e entrega o documento direto na delegacia.

— Considere entregue. Mais alguma coisa, chefe?

— Diz para a autoridade policial que o Jerison está à disposição da Justiça, e qualquer coisa que o delegado precise, nem necessita mandar intimação, basta entrar em contato comigo.

— Sim, senhor. — E saiu rapidamente sem ao menos se despedir dos dois.

Em pouco mais de uma hora, enquanto ainda conversavam, o futuro advogado retornou com cara de espanto.

— Tudo certo com o delegado Rodolfo? Ele recebeu o passaporte? — questionou Giovani na frente do investigado e de seu amigo.

— Recebeu, sim, mas tive um contratempo lá na delegacia.

— Como assim? O que houve?

— Havia uma pequena multidão na frente, eu fui forçado a entrar pelos fundos. As pessoas estavam enfurecidas pedindo a prisão do Jerison, ainda bem que eu não fui reconhecido por ninguém, senão seria linchado.

— E agora? O que vou fazer? Por que tanta raiva contra mim? — perguntou Jerison, assustado.

— Tinham vários cartazes dizendo que filho de rico não vai para a cadeia, e uns afirmando que justiça certa é aquela que se faz com as próprias mãos.

— E qual foste a tua impressão com o delegado? — perguntou Dr. Ferri.

— Ele está sentindo a pressão, tinha desde crianças até idosos protestando. Ele teve de sair e pedir calma, dizendo que as pessoas deveriam confiar no seu trabalho.

— Isso é um péssimo sinal...

— E antecipou o depoimento, vai querer ouvir o Jerison amanhã às dezessete horas. Me perguntou se precisava mandar viaturas à casa dele para intimá-lo, ou se nós o levaríamos, independentemente de intimação, aí eu respondi o que combinamos.

— Claro, obrigado, fizeste o que estava ao teu alcance. — Virou-se ao acusado e seu amigo. — Então, meus caros, vamos manter a calma, o principal objetivo deles agora é nos trazer instabilidade emocional, não podemos deixar que consigam isso, ou começaremos em enorme desvantagem.

Quando olhou o relógio, se deu conta de que já eram quase quatro horas da tarde e que havia clientes à sua espera. Deu uma pausa na conversa e chamou sua secretária:

— Pede mil desculpas para as pessoas que estão aguardando, avisa que eu os atenderei amanhã bem cedo, explica que ocorreu uma emergência e, se isso tivesse acontecido com eles, eu teria tomado a mesma atitude.

— Não te preocupes, doutor, é claro que vão compreender, confiam muito no senhor — mal acabou de falar, deu meia-volta, fechando a porta.

— Te peço, mais uma vez, que mantenha a tranquilidade, pois agora vamos definir juntos a tua tese de defesa, o que definitivamente não podemos errar. Estão prontos?

— Pronto eu não estou, mas não me resta alternativa.

— Vou te explicar todas as tuas possibilidades, e, no final, terás que decidir qual caminho escolher. Malgrado o que optar, eu estarei do teu lado, sou teu advogado, e lutaremos juntos. Antero, quero que ouças tudo com muita atenção e aconselhe o teu amigo.

— Podes deixar, doutor, estou aqui para isso — falou em tom de quem não sabia o que estava por vir.

— A primeira delas é admitir que cometeu o crime. Caso faças isso, terás duas atenuantes a teu favor: a da confissão espontânea e a de ser menor de vinte e um anos na ocasião do delito. Com isso, é bem provável que sejas condenado à pena mínima, de vinte anos. Mas calma, não vais ficar todo esse tempo trancafiado, a progressão de regime ocorre com um sexto da pena, e se trabalhar enquanto estiver preso, a cada três dias abaterá um, assim, em menos de três anos já estará na rua, precisando apenas dormir no presídio.

Depois de pensar alguns segundos, não aguentou a pressão:

— Prefiro morrer do que ir para a cadeia...Estão falando que eu vou servir de mulher para os presidiários!

— Escuta, temos outra opção também, que é a de negar a prática do delito, dizendo que não foste tu quem mataste aquela mulher. É um direito teu não admitir a prática do crime, isto é permitido por lei. Poderás ser absolvido ou condenado, mas certamente não terás a pena mínima, e tua sentença, em caso de condenação, eu arrisco dizer, será algo entre vinte e dois e vinte e cinco anos.

— Me diz uma coisa, uma vez um conhecido meu escapou pela legítima defesa, não temos essa chance também? — perguntou Antero.

— Isso seria, digamos assim, um suicídio processual. Imagina comigo: qual juiz acataria essa tese de que uma dona de casa desarmada, que carregava sacolas com a janta do filho, foi alvo de vários disparos de arma de fogo? Ele estaria se defendendo do quê?

— É claro, falei bobagem. Não seria melhor o Jerison fugir?

— Ele teria que ficar um bom tempo desaparecido até o processo prescrever, e caso fosse achado nesse ínterim, as coisas estariam ainda mais feias para o seu lado.

— Até quando eu preciso decidir isso?

— Teu depoimento é amanhã, e veja bem, caso escolhas confessar o fato, não podemos voltar atrás, porque perderias toda a credibilidade.

— Não preciso pensar mais a respeito, vou negar que cometi o crime, o resto que se foda — disse com um pouco de confiança, embora dominado pelo medo.

— É isso aí, meu amigo, estou contigo e não abro.

Conversaram por mais duas horas e treinaram o depoimento inúmeras vezes, como se Inácio fosse o delegado de polícia. Combinaram todos os detalhes, até que, exaustos, se despediram e marcaram um outro encontro antes do interrogatório.

Já anoitecia quando um cansaço abateu Dr. Giovani Ferri. Longe de ser uma fadiga física, estava com uma exaustão mental devido aos últimos acontecimentos. Arrependeu-se de ter aceito a causa, mas havia dado sua palavra e jamais voltaria atrás.

Toda vez que esse tipo de situação acontecia, tinha a sua consciência abalada e ficava na fronteira entre dois valores: o dever profissional do advogado de defender seu cliente, mesmo escondendo a verdade sobre as piores circunstâncias, como nesse caso, onde uma mulher foi morta por um motivo tão banal; e sua dignidade como ser humano, que o levava a torcer não só pela vida, mas pela felicidade de todos. Bastava imaginar a criança chorando pela falta da mãe para sentir que cometia um grave pecado.

Sem contestação, era um homem bom, mas por ser um advogado criminalista, tinha que lidar com situações extremas, convivia com maldades inimagináveis cometidas pelos homens. Receberia muitas críticas, algumas de pessoas invejosas e desprovidas de cultura, e também de outras que, por um motivo ou outro, costumavam admirá-lo. Somente estas últimas lhe causariam desconforto.

Ficou por mais um tempo no escritório e, antes de ir para sua casa, resolveu passar na igreja. Precisava conversar com alguém, e naquele momento de dúvida não existia ninguém mais apto a ouvi-lo do que um padre, ou melhor, um religioso que lhe acompanhava por anos, exemplo de sabedoria e bom senso.

Pediu para a secretária alertar sua família de que chegaria tarde e, ao religioso, perguntar se poderia recebê-lo. Ante a resposta afirmativa, revisou sua agenda do próximo dia, dispensou a funcionária que já estava além do expediente, fechou seu escritório e foi em busca de conforto espiritual.

Estacionou seu carro a poucos metros da catedral, uma construção com mais de cem anos. Na frente, tinha duas colunas que se destacavam, e logo na entrada havia algumas esculturas malconservadas em meio a pinturas do século passado.

Em seguida, avistou padre Miguel. Era um homem careca com um pouco mais de sessenta anos de idade e uma barriga considerável. Media cerca de um metro e setenta e dispunha de um intelecto invejável. Conhecia os mais diferentes perfis de seres humanos: por conta de sua fé, morou um bom tempo na Itália e em alguns países da África.

Nessas suas andanças pelo mundo já havia presenciado coisas que a maioria das pessoas nem sequer sabiam acontecer, e, mesmo assim, nada abalou sua crença em Deus e a esperança de um mundo melhor. Tinha muitos conhecidos, mas pouquíssimos amigos, e o advogado estava nesta lista que não preenchia os dedos de uma de suas mãos.

— Boa noite, meu ilustre doutor, que honra recebê-lo na casa de Deus — falou alegremente.

— A honra é minha em ter um irmão com a tua sabedoria. Me diz uma coisa, ainda tem trabalho a fazer por hoje?

— Há pouco rezei a última missa, mas agora tenho o meu compromisso mais importante.

— Puxa vida, não queria atrapalhar, quem sabe eu venho amanhã cedo para conversarmos?

— Nem pensar, o meu maior compromisso é sairmos para jantar, de modo a descobrir o que te perturba, pois toda vez que vens depois do anoitecer, é porque algo aconteceu. Estou certo?

— Como sempre, o que seria de mim se não fosse tua amizade? — Abraçou-o.

A poucas quadras dali, havia um restaurante em que os dois gostavam de ir; resolveram deixar o carro e ir andando. Soprava uma brisa que tornava o clima quase perfeito para uma caminhada.

O trajeto não durou mais de dez minutos, e, quando chegaram, foram tratados como celebridades.

— Mas que alegria receber essas duas figuras ilustres, nada me deixa mais feliz do que isso — o gerente do restaurante os cumprimentou. — Por favor, arrumem a melhor mesa da casa — falou a dois de seus garçons.

— Quanta gentileza, meu amigo, por isso que sempre voltamos — falou Dr. Giovani.

— Com a sua bênção, padre, posso pedir o vinho chileno da uva carménère de sempre?

— Pergunta ao doutor aqui, ele é que paga a conta.

— Claro que sim — confirmou, sorrindo.

O padre Miguel tinha bom gosto, pediu o melhor do cardápio. Por incrível pudesse parecer, isso deixava o advogado feliz da vida, lhe agradava muito quando seu amigo passava bem, e principalmente quando bebia um pouco, pois fazia com que falasse mais do que o normal.

"Enquanto eu estou na companhia de um bom amigo religioso, bebendo um vinho em um restaurante caro, aquela criança deve estar chorando pela falta da mãe", pensou o advogado, e logo o católico percebeu que era a hora certa de iniciar uma conversa:

— A expressão triste da tua face não me engana, então me digas de uma vez, o que está acontecendo?

— É difícil falar sobre isso, me parece tão complexo.

— Deixa-me tentar adivinhar. O que perturba tua consciência deve ser a defesa que está patrocinando para o neto do nosso amigo Dr. Augusto?

— Como sabes que eu estou na defesa? — questionou, surpreso.

— Não esqueças que eu tenho fiéis de todas as classes sociais. O que se passa de importante nesta cidade dificilmente eu não fico sabendo.

— Mas quem te falou isso?

— Foram diversas pessoas, uns com pena do Dr. Augusto, outros com muita raiva do rapaz.

— E de mim, muita gente falou mal?

— Ora, meu irmão, quem se atreveria a falar mal de ti para mim? — brincou o religioso, tomando um gole de vinho que quase secou a taça.

— Como está a repercussão do caso? Te pergunto porque falei com poucos sobre isso, à exceção dos policiais e da família do suspeito.

— Só se fala sobre isso na cidade. Eu notei que o povo está meio dividido, porém, as pessoas de classe mais pobre, na sua grande maioria querem matar esse jovem, exceto aqueles que têm carinho pelo avô dele, que, diga-se de passagem, é um ser humano grandioso.

— E os mais abastados financeiramente, o que dizem? — perguntou, sem deixar de estampar sua curiosidade.

— Estão boquiabertos, custam a acreditar nessa história, uns até falam que só pode ser invenção da polícia.

— E tu, meu amigo, o que achas?

— Eu não acho nada, pois tenho a certeza de que vais me contar a verdade, até mesmo porque estou aqui para te ouvir.

— O senhor sabe que eu devo guardar sigilo das informações que recebo na minha profissão, por pior que elas sejam. Mas, nesse caso, preciso desabafar, e a única pessoa em que confio para isso é o senhor.

— Não preciso te lembrar que, de acordo com o direito canônico da Igreja, o segredo da confissão é inviolável, mesmo quando se revela um crime que já aconteceu. E além de padre, sou como se fosse teu irmão.

— Claro que sim, me desculpa pela indelicadeza, mas toda vez que rompo o silêncio para falar de um cliente, me sinto desconfortável.

Foram interrompidos pelo garçom:

— Por favor, doutor, padre, os cozinheiros querem saber qual o ponto da carne que preferem?

— Mal passada, mas não se esqueçam de colocar um pouco de pimenta do reino — adiantou-se o religioso.

Agradeceu a resposta e se afastou, constrangido, certo de que atrapalhara algo importante.

Após alguns instantes de reflexão, recomeçaram o diálogo.

— Pelo que conheço de ti, então o rapaz matou mesmo aquela pobre mulher... É isso?

— O senhor deveria era ser juiz, e não padre — troçou, encabulado por admitir a culpa do cliente.

— Para de enrolar e me conta o que houve.

— Não posso mentir para o senhor, ele matou mesmo a coitada.

— E por que ele fez isto? Não consigo compreender, o garoto tinha tudo do bom e do melhor.

— É a maldita da droga, padre Miguel, dependência química só pode ser coisa do demônio. O rapaz é viciado em maconha e cocaína.

— Meu bom Deus, se essas porcarias são capazes de fazer um garoto rico matar uma mulher inocente, são piores do que eu pensava.

— Muito pior, padre, arrisco dizer que esse sim será o mal do próximo século. E preste atenção no que eu estou te dizendo: dentro de alguns anos, a criminalidade no nosso país vai atingir números semelhantes aos das guerras, caso o tráfico de drogas não seja combatido de uma maneira adequada.

— E os pais do garoto, como estão?

— Eu não conversei com o Marco, nem com sua esposa, mas seu avô está arrasado, digno de pena. Nada seria pior para ele do que essa situação; a morte do neto doeria menos.

— Coitado, amanhã vou ir vê-lo, não merecia isso, passou uma vida toda exercendo a medicina para ajudar o próximo, são coisas que somente Deus pode explicar.

— Quando penso nessas pessoas, com toda essa carga de sofrimento, talvez por egoísmo, me sinto um pouco melhor. Não deveria, mas sinto.

— Não digas isso, sei que estás te sentindo mal com todos esses acontecimentos.

Mais uma vez, no exato momento em que Dr. Ferri ia continuar a falar, dois garçons surgiram, trazendo a comida. O padre Miguel havia escolhido uma salada de camarão com folhas verdes, e, como prato principal, medalhões de filé ao molho madeira.

Antes de jantarem, rezaram um pai nosso e agradeceram a Deus pela refeição, na companhia do gerente do estabelecimento. Enquanto comiam, trocaram de assunto e falaram sobre os mais diversos acontecimentos da cidade e região.

Depois de vinte minutos, acabaram. Resolveram pedir uma sobremesa e mais uma garrafa de vinho para continuarem a conversa.

— Eu me vi numa situação delicada. Pelo garoto, não tinha nenhum interesse em pegar a causa, mas foi o sofrimento do avô que definiu a minha escolha. Creio que todos nós devemos um pouco de gratidão a ele, por tudo que fez por nossa cidade

— Tinha certeza disso, aliás, o Dr. Augusto e também o seu filho Marco são pessoas de bem, que merecem a nossa amizade.

— Muita gente vai dizer que eu aceitei defendê-lo somente por causa do dinheiro, mas isso não é verdade. Eu não sou hipócrita, cobrei honorários para isso, porém o fator decisivo foi aquele pobre e bom homem chorando na minha frente, me implorando para ajudá-lo. Ele não merecia isso, e eu não poderia me negar.

— Te entendo perfeitamente, ainda bem que sou padre. Não gostaria de estar na tua pele em um momento como esse.

Concentrados na conversa e embalados pelo álcool, nem sequer pararam de conversar quando foram servidos com a sobremesa. Já tomavam a segunda garrafa de vinho.

— Nessa história toda, tu fazes ideia do que mais me incomoda?

— Imagino diversas coisas, mas não arrisco um palpite!

— Eu conheço o ser humano, em anos de trabalho presenciei as mais diversas e inimagináveis atrocidades. Por causa da advocacia, acompanhei casos em que filhos mataram os próprios pais, mulheres mataram os maridos... Vi estupradores, latrocidas, bandidos que têm menos valor do que animais selvagens, além de políticos que desviaram dinheiro de hospitais, matando indiretamente milhares de pessoas, e que no outro ano ainda tinham a cara de pau de pedir voto para a mesma comunidade, sob falsas promessas.

— E o que isso tem a ver com o caso?

— Quando eu digo que conheço o ser humano, eu imagino o que vai acontecer no futuro com as pessoas envolvidas nessa história.

— Então me explica, senão a curiosidade vai me matar antes do vinho.

— Acontecerá o seguinte: no início, o marido da falecida vai sofrer, mas com o passar dos anos, não muitos, arrumará outra companheira e reconstruirá sua vida. Os pais dela já estão velhos; em breve, com toda essa dor, perecerão. Os dois irmãos vão seguir o curso natural da vida. Aos poucos, todos se afastarão da tragédia, mas sempre carregando alguma melancolia.

— Agora, meu amigo, consegui te entender: o que te entristece é a situação da criança. Pensando aqui, concordo plenamente com o teu raciocínio.

— Outros fatos também me incomodam, é claro, como a repercussão negativa por defender um assassino, o desespero do próprio rapaz que jogou sua vida fora ao cometer essa idiotice, mas nada se compara a quando me lembro do sofrimento daquele menino.

— Recordas aquela famosa expressão: "Deus nunca nos dá uma cruz maior do que a gente possa carregar"? És um homem forte e de muita luz, saberás como lidar com esse caso e sua repercussão.

— Pois é, estou tentando administrar isso, confesso que não consegui dormir nada na noite passada, pensando nesse menor sem a mãe. Ele tem praticamente a mesma idade do meu filho, Valentim, que é a coisa mais preciosa que Deus me deu.

— Agora pensa comigo: se não fosses tu, outro advogado aceitaria o caso. Será que esse profissional teria essa preocupação?

— Creio que não.

— Então por que te culpas tanto?

— De nada adianta a preocupação, se não vier acompanhada de uma atitude. Não concordas?

— Claro que concordo.

— É isso que está me custando o sono e atormentando a minha consciência. No futuro, a criança, a que tudo indica, terá uma vida solitária, e eu não quero carregar esse carma para o meu túmulo.

— Agora não estou entendendo mais nada. — O religioso esvaziava mais uma garrafa de vinho.

— Olha só, no meio dessa tragédia toda, com as pessoas dilaceradas pelo sofrimento, o único beneficiado com toda essa desgraça sou eu. O senhor não acha isso um contrassenso?

— Como assim? Que benefício tu tiveste? Me parece que também estás sofrendo.

— Ora, padre, não seja ingênuo. Sim, estou chateado e aborrecido por causa desse crime, mas me refiro ao dinheiro que ganharei por causa daquela conduta, digna de um enviado do Diabo.

— Não fales esse nome à mesa — disse o padre, assustado, fazendo o sinal da cruz. — Isso não tem nada a ver com ele, foi feito por um humano descompensado.

— Desculpa, não quis te perturbar, mas que ato poderia ser pior do que esse?

— Infelizmente, existem atos muito piores. Certa vez, vi uma cena num país da África que, aí sim, acredito ser coisa do demônio: um sujeito matou diversas famílias em nome da religião. Basta eu lembrar o rosto daqueles inocentes para perder o sono. Quando recordo tais maldades, perco um pouco da minha alegria; a única coisa que me faz acreditar em um futuro melhor é a fé inabalável que tenho em Deus e nas gerações vindouras.

— Posso te confessar uma coisa? — perguntou, desconfiado, e continuou mesmo sem o aval do religioso: — Ao me deparar com barbáries inexplicáveis como essas, chego a pensar que Deus não existe, não é possível que um Senhor todo-poderoso permita que essas coisas aconteçam. Não consigo entender o porquê!

— Não digas isso! Deus sabe o que faz e escreve a história de uma maneira diferente do que nós gostaríamos, o problema está na nossa limitação para compreender o verdadeiro sentido das coisas.

Percebendo que estava indo longe demais, mas principalmente porque não queria parar aquela conversa, fez um sinal para o garçom para trazer a terceira garrafa de vinho, o que deixou o padre Miguel um pouco mais feliz e desinibido.

— Às vezes eu acho que o Diabo, o mal, ou como queiras chamar, está vencendo. Não é possível tantas atrocidades que vêm acontecendo, não somente aqui em nossa região, mas em todo o planeta. Basta ligar a televisão ou o rádio, e não param as notícias sobre homicídios, massacres, estupros, guerras, etc.

— Vê bem: os atos do mal chamam muito mais atenção dos que os atos do bem. Dificilmente sairá no jornal que um sujeito adotou uma criança pobre ou que doou parte do seu salário para uma instituição de caridade. Podes ter certeza, acontecem mais coisas boas do que ruins neste mundo.

— Talvez eu esteja contaminado pelo meu trabalho, pois na maioria do tempo só presencio ocorrências terríveis cometidas pelo homem.

— O segredo disso tudo é nunca perder a fé. Enquanto mantiver Deus no seu coração, sempre estarás iluminado e terás uma saída.

— Posso te fazer mais uma pergunta?

— Óbvio que sim, meu irmão.

— O senhor acha que Deus vai me perdoar por lucrar no meio de toda essa desgraça alheia? Muitos choram e se desesperam, à medida que eu recebo oitenta mil dólares para defender um assassino que, certamente, negará o crime cometido. Sejas franco.

— É uma resposta difícil, a lei diz que todos têm direito à defesa.

— Eu não perguntei isso — falou educadamente. — O que Deus deve estar pensando sobre a minha pessoa? Será que estou pecando ao defender esse criminoso?

Mais uma vez, foram interrompidos pelo garçom. Diante do silêncio do padre Miguel ante a pergunta que mais lhe atormentava, Dr. Ferri tomou a iniciativa, um pouco pelo medo de pecar, mas também pelo seu bom coração:

— Não quero carregar esse pecado para outra vida. O senhor poderia me ajudar para, ao menos, suavizá-lo?

— Por favor, me explica melhor o que pensas em fazer.

— Estou com a consciência pesada, só fico aliviado quando imagino que se não fosse eu o defensor, seria outro, e, sem dúvida, esse advogado não teria uma atitude semelhante à minha.

— Que atitude? — perguntou, intrigado.

— Como eu te disse antes, o mais atingido, o mais inocente no meio disso tudo é a criança, o filho da vítima. Li que o nome dele é Pedro Henrique. Este sim sofrerá para o resto da vida pela falta da mãe. Eu quero ajudá-lo até que sua vida tome um rumo, até que termine uma faculdade e tenha um bom emprego, porém, não desejo que ninguém saiba disso. Podes me auxiliar em total sigilo?

— Óbvio! Eu não te falei que Deus sempre escreve certo por linhas tortas? — Sorriu como se alguém estivesse orando por eles.

Acabaram a terceira garrafa de vinho e partiram, prontos para enfrentarem seus destinos.

Passava das oito horas da manhã quando Dr. Giovani Ferri chegou ao seu escritório. Sentia um pouco de dor de cabeça pelo excesso de bebida da noite anterior.

Marcara uma reunião com Inácio e tinha menos de meia hora para isso — queria colocar os clientes em dia —, portanto, precisava ser rápido e objetivo, pois depois somente na hora do almoço pararia de conversar com os mais diversos tipos de pessoas.

— Desconfio que, hoje pela tarde, durante o depoimento de Jerison, será efetuada sua prisão preventiva.

— Eu também, chefe. Aliás, tenho certeza disso. Pelo que percebi ontem, o delegado não vê a hora de trancafiar o rapaz.

— Então eu vou te deixar duas tarefas, podes cumpri-las? — Já sabia a resposta.

— Claro que sim, é só me dizer quais são elas.

— Cancela tudo o que tens para fazer agora de manhã e deixa pronto um habeas corpus para Jerison. Discorra sobre sua primariedade e as provas contra ele, que são basicamente oriundas de testemunhas envolvidas com a criminalidade.

— E a segunda tarefa? — questionou, não escondendo a curiosidade.

— Pensa comigo: se o Jerison for preso, por não ter curso superior, vai ser colocado no meio da bandidagem.

— Sim, e daí?

— Ora, "e daí"! O que achas que acontecerá com ele no meio de assassinos, quadrilheiros e estupradores?

— Tens razão, eu não gostaria de estar no lugar do guri se isso ocorrer. O presídio já soma mais de quinhentos detentos, e a capacidade é de apenas duzentos e cinquenta. Mas o que podemos fazer?

— Te confesso que não gosto de tomar esse tipo de atitude, porém, às vezes, os fins justificam os meios.

— Como assim? Me traduza o que estás tentando me falar — brincou o aprendiz de advogado.

— Qual atitude tu consideras melhor: sermos omissos, fechando os olhos para a realidade e, com isso, arriscarmos a integridade física ou até mesmo a vida do rapaz, ou cometermos uma pequena irregularidade, mas, assim, o salvarmos?

— A segunda opção, sem dúvida. Não há nada pior do que um advogado covarde. O que queres que eu faça?

— Te recordas daquele preso, o Damião, que certa vez eu defendi, por ter matado um vizinho mal elemento, que mexia com a sua esposa?

— Lembro, sim, depois de ser absolvido desse homicídio parece que ele tomou gosto por essa vida e foi preso por vários outros delitos.

— Isso mesmo, ele é um assassino, um bandido, mas é um homem de palavra, diferente de muitos que tem por aí, não concordas?

— Concordo sim, chefe, ainda mais com o senhor, que não só conseguiu a absolvição, mas também ajuda para a família dele.

— O Damião lidera a principal galeria do presídio. Depois que tu acabares o habeas corpus, vai até a cadeia pública e pede para ele proteger o Jerison. Entrega ao homem esta pequena quantia em dinheiro como uma cortesia. Diz que é um pedido meu, ele não vai negar. E mesmo que recuse o dinheiro num primeiro momento, insiste para ele pegar.

Vendo a expressão de excitação do futuro advogado, Dr. Giovani lhe deu algumas notas — não chegava a quatrocentos cruzados.

— Ok, consideres as duas tarefas realizadas.

Apertaram as mãos, e cada um foi para a sua respectiva sala. A secretária já havia alertado que dois clientes o esperavam.

Às três horas da tarde, após atender quase vinte pessoas, fez uma pequena pausa para o almoço. Nesse meio-tempo ouviu problemas de todas as espécies, desde uma mulher que fora estuprada até uma simples briga de vizinhos.

Inácio voltou da casa prisional. Reuniram-se.

— Conseguiste resolver os dois pedidos que te fiz?

— Sim. Conversei com o Damião, num primeiro momento ele não quis aceitar o dinheiro, bem como o senhor falou, mas depois que eu insisti, notei seu contentamento ao pegar das minhas mãos aquele valor.

— E o que ele te respondeu?

— Que pedido teu é uma ordem, podes ficar descansado que, lá dentro, ninguém vai tocar no garoto. E mais uma coisa...

— O quê?

— Só se fala nisso na cidade, creio que a prisão já deve ter sido decretada, a julgar pela movimentação dos agentes penitenciários.

— Como concluíste isso?

— Eu ouvi dois agentes conversando a respeito da prisão do Jerison, sem que eles me notassem.

— Posso apostar que o delegado está criando um verdadeiro circo para prendê-lo na frente da imprensa, enquanto estiver prestando depoimento.

— De fato. Vais falar isso para o cliente antes de levá-lo à delegacia?

— Ainda tenho que decidir. Ele chegará em poucos instantes — comentou, sem disfarçar a agonia vivenciada.

Eram quase quatro horas da tarde quando Jerison apareceu no escritório, com a cara pálida e uma expressão de quem tomara um susto. Fora sozinho, sem a companhia de familiares ou de seu melhor amigo. Vestia uma calça jeans e uma camisa polo azul-marinho; estava com a barba recém-feita e, o cabelo, bem penteado.

Quem não conhecesse, certamente teria a impressão de que era um menino ingênuo, incapaz de cometer qualquer ato que causasse sofrimento a quem quer que fosse.

Com a voz dominada pelo medo, trêmula, não conseguiu manter o olhar fixo enquanto falava:

— Boa tarde, doutor, espero ter me vestido adequadamente, coloquei os trajes de acordo com a orientação do senhor.

— Não te preocupes com isso, estás com a roupa adequada. Preciso te perguntar de novo: continuarás com a versão da negativa do crime ou preferes admitir?

— Vou negar, Dr. Giovani. Nem se isso me levasse à minha própria morte eu voltaria atrás.

— Tudo bem, se estás decidido, teu depoimento vai ser simples. Apenas nega e diz que não conhece nenhuma daquelas pessoas que te acusam. Afirma teu álibi na casa do Antero. Tem certeza de que ele vai confirmar que passaste a noite lá?

— Sim, ele seria a última pessoa que me trairia.

— Outra coisa: não há nenhuma filmagem, gravação ou prova pericial contra ti, portanto, não leves em consideração a pressão do delegado ou de qualquer outro policial. Nega o crime e afirma que não entendes por que essas pessoas alegam reconhecê-lo.

— O senhor acha que vai demorar?

— Quanto mais rápido for, melhor, sejas breve em teus comentários. Em hipótese alguma, desafies ou trates de modo arrogante qualquer um.

— Será que eu vou ser preso? — perguntou com a voz embargada pelo nervosismo.

— Pode ser que isso aconteça. O mais importante agora é não ceder à pressão. Se eles tentarem fazer um acordo, por exemplo, "Confessa o crime e não irás preso", ou "Diz o que realmente aconteceu que te ajudaremos", não acredite. Eles não são teus amigos, querem te ferrar da pior maneira possível. Ignore eventuais benefícios e até mesmo grosserias por parte do delegado. Não interessa o que estiver para acontecer, aguenta firme e ponto final.

— Sim, senhor, consigo fazer isto.

Conversaram mais alguns detalhes e saíram em direção à delegacia de polícia no carro do advogado, juntamente a Inácio.

O trajeto foi rápido, durou pouco mais de um quarto de hora, no entanto, quando dobraram na última esquina que dava para o destino, avistaram uma pequena multidão protestando com cartazes dos mais diversos tipos, todos manchando a imagem do suspeito e pedindo sua prisão.

Dr. Giovani diminuiu a marcha e passou devagar diante do prédio. Felizmente, ninguém os reconheceu, estavam furiosos demais para prestar atenção nos carros. O advogado sabia que havia uma entrada secundária, e a última coisa que queria naquele momento era causar mais polêmica, por isso, rumou discretamente à garagem do outro acesso. Entraram sem causar nenhum tumulto, longe dos olhares de repórteres e populares revoltosos.

Ao descerem do carro, foram reconhecidos por alguns policiais que, de forma educada, os conduziram à sala onde procederia o interrogatório.

Jerison não falou nem uma palavra desde que avistara a multidão. Sua expressão era de quem encarava um mundo totalmente diferente em relação àquele em que foi criado.

O relógio marcou dezessete horas em ponto, e o delegado Rodolfo e seu escrivão entraram na sala. Ambos respeitavam muito o advogado. Naquele inquérito, trabalhariam como rivais, mas em inúmeras ocasiões atuaram lado a lado pelo mesmo propósito. O respeito não provinha somente disso: quem o conhecia sabia de sua competência e seu comprometimento com a causa que defendia, fosse aliado ou oposição.

— Boa tarde, Dr. Ferri. Não vou mentir dizendo que é um prazer te encontrar na data de hoje. Geralmente, o senhor está no lado certo, porém, entendo sua situação de advogado de defesa.

— Sei que entendes, Dr. Rodolfo. Mesmo porque, antes de ser delegado, foste um brilhante defensor.

— Tempo que não volta; já faz anos, como bem lembra. Buenas, deixemos as formalidades de canto: quero saber se o teu cliente deseja confessar o crime que cometeu e acabar logo com isso.

— Se ele tivesse cometido o crime, certamente o admitiria, mas não posso autorizar que confesse e pague por algo que não fez.

— Serei franco. Hoje à tarde saiu sua prisão preventiva, e ele irá daqui direto para a cadeia pública. Pelo que me consta, o rapaz aí não possui curso superior, vai parar nas celas comuns, no meio da bandidagem.

— Por mais que essa decretação da prisão seja injusta, não há nada que eu possa fazer, além de cumpri-la e interpor habeas corpus.

O delegado era experiente e falou tudo isso de propósito. Ao perceber o desespero do investigado, que tentava disfarçar o choro, mirou em seus olhos e perguntou:

— Vê bem, garoto, tu entendes o que vais passar naquele presídio? Até mesmo os lixos de lá estão revoltados com a atrocidade que tu fizeste; não vão te deixar em paz.

— Eu não fiz nada, sou inocente — limitou-se a falar, lembrando a conversa tido com Dr. Ferri.

— Vou te fazer uma última proposta: confessa o crime, aí posso te arranjar uma cela na qual estarás em segurança. Talvez sejas condenado à pena mínima e consigas sair de lá em poucos anos, sem que acabes violentado.

— Dr. Rodolfo, respeito o senhor e o teu trabalho, mas estás indo longe demais. Ele já disse que é inocente, ponto final — interveio fortemente o advogado.

Pairou um silêncio no ambiente, ambos se estudavam como se num jogo de adivinhação, tentando descobrir qual seria o próximo passo.

— Certo, vamos começar o interrogatório. — Fez um sinal a seu escrivão para que este se sentasse ao seu lado esquerdo.

O depoimento iniciou-se. Da sala, dava para ouvir os gritos das pessoas pedindo justiça. Para quase todas as perguntas, Jerison respondeu "não" ou "não sei".

— Por que razão essas testemunhas o reconheceram?

— Não sei.

— Foi o senhor que atirou na mulher?

— Não.

— És usuário de drogas?

— Não.

Trinta minutos transcorreram até se esgotarem as perguntas. A polícia não teve saída senão encerrar o depoimento sem conseguir o que tanto almejava: sua confissão.

Encerraram a oitiva. Rodolfo, de novo, ainda perguntou a Jerison se ele tinha certeza do que estava fazendo, pois aquela seria sua última chance para mudar de ideia. De nada adiantou sua insistência.

Nem parecia que era a primeira vez do assassino numa delegacia, em especial prestando um depoimento de um crime como esse. Por mais que se sentisse nervoso, sua frieza, somada à falta de remorso, dominaram o seu interior.

Esse era o momento mais esperado pelo delegado. Antes que levasse o rapaz preso, Dr. Giovani pediu alguns minutos sozinho para conversar com o seu cliente:

— Presta atenção no que eu digo: será vital para salvar tua vida.

— Minha vida acabou, doutor, prestar atenção no quê?

— Me ouve: tua estadia na prisão não vai ser fácil, a comida é de péssima qualidade, os quartos são sujos, e não são raras as vezes que as baratas e os ratos se misturam, como se fossem gente.

— Não tem o que fazer, eu não posso ficar num lugar desses, prefiro morrer do que ir para a cadeia.

— Isso é o de menos agora. Preciso que sobrevivas e já cuidei disso.

— Como assim?

— Um dos líderes do presídio para onde tu vais é meu amigo, ele se chama Damião e vai te proteger lá dentro. Não contraries as ideias dele, concordes sempre com o que falar, por mais que pareça um absurdo, e certamente parecerá.

— E se ele quiser me comer? Eu não vou concordar com isso.

— Ele não só não vai te comer, como vai evitar que os outros te comam. Basta respeitá-lo e concordar com suas teorias malucas.

— Nesse caso, é lógico que sim.

— E mais, tu tens dois ouvidos e uma boca. Sabes o que isso significa, principalmente no lugar em que estarás?

— Não faço a menor ideia.

— Fala o mínimo possível e ouve tudo o que falarem, lá dentro tu não terás amigos. Nunca, mas nunca mesmo, admitas ser o autor desse crime. Inexiste lugar onde tenha mais fofoca do que dentro de um presídio, com centenas de pessoas que não fazem absolutamente nada que presta.

— Sim, senhor, podes confiar em mim. Por quanto tempo achas que ficarei preso?

— Farei o possível para te tirar daquele Inferno em poucos dias.

— Minha vida está nas tuas mãos. Mais uma coisa, doutor: me desculpa ter sido impertinente, não consegui controlar o estresse.

— Ok, sem problemas, eu entendo. Queres que eu diga alguma coisa para tua família?

— Sei lá, o senhor que sabe, apenas pede para o Antero não me abandonar.

Trocaram um aperto de mão e se despediram.

Inácio observou todos os detalhes da conversa e se impressionou com a falta de preocupação que o rapaz tinha com seus familiares.

Prestes a deixar a delegacia, Dr. Giovani sentiu que o clima lá fora estava pesado demais e resolveu permanecer mais um tempo no interior do prédio, aguardando os protestantes se dispersassem. Não valia a pena correr o risco de um contratempo, tinha muita gente lá fora que ele conhecia, e sempre que pudesse faria o possível para não enfrentar esse tipo de situação.

Não demorou mais do que cinco minutos para que a multidão começasse a dar gritos de comemoração. O motivo era óbvio: haviam sido avisados que Jerison fora preso e estava sendo levado para o cárcere. No instante em que o portão se abriu e o camburão da polícia se deslocou, as pessoas berraram ainda mais alto.

Alguns repórteres tentavam captar uma imagem que rendesse uma boa capa de jornal. Quando um fotógrafo de um periódico local se aproximou do veículo, este parou abruptamente, causando um suspense a todos que observavam.

Logo alguns policias saíram da delegacia e fizeram uma espécie de corredor em volta do camburão, não para garantir a segurança do preso: como previamente combinado, o delegado Rodolfo desceu do carro para dar entrevistas à imprensa da região, que o esperava como cães furiosos em volta de uma presa.

— Como foi o interrogatório? Ele admitiu a atrocidade que fez? Por que razão a matou? — questionou o primeiro repórter.

— Ele foi frio como a neve, não admitiu absolutamente nada, nem demonstrou qualquer tipo de arrependimento.

— Qual será o desfecho do processo, em sua opinião?

— Ora, as provas são claras e inequívocas, não existe caminho senão a condenação.

— Que recado o senhor gostaria de dar à população, principalmente para os que criticaram a demora no trabalho da polícia? — indagou outro repórter, com a aparência de um bêbado.

— Saibam todos que nesta cidade nenhum criminoso ficará impune. A polícia jamais descansará até pegar os monstros que cometem crimes como este. E para os nossos críticos, lembrem-se de uma coisa: a Justiça pode demorar, mas um dia ela chega, como chegou na data de hoje.

Mal acabou de pronunciar a última palavra, e a multidão vibrou. Os gritos de "assassino" foram dando lugar a pequenas frases, como: "Viva Dr. Rodolfo", "Salve o nosso delegado", entre outras.

De uma pequena janela da delegacia, Dr. Ferri e seu estagiário observavam tudo em seus mínimos detalhes. Inácio pensou que seu chefe se indignaria com a atitude do delegado de incentivar a imprensa, mas concluiu que, por sua reação, algo o havia agradado, mas não entendia o quê.

— Isso é um absurdo, doutor, ele não pode parar o veículo com um preso dentro diante de uma multidão furiosa para aparecer na mídia! Imagina se um protestante agride o detento, como ele iria se explicar?

— Calma, Inácio, respeita o delegado, ele está aproveitando seu minuto de fama. Com polícia não se briga, exceto, é claro, em situações excepcionais.

— Mas esta não é uma delas?

— Claro que não, respira fundo, rapaz, duas das principais virtudes de um advogado vitorioso são a paciência e o fino trato com as pessoas.

— Eu não entendo uma coisa: parece que o senhor ficou feliz no momento em que ele dava aquelas entrevistas.

— Não notaste nada? — perguntou, testando seu futuro colega.

— Percebi que ele queria aparecer, dá a entender que quer se candidatar a algum cargo.

— Não é isso, raciocina comigo. O delegado Rodolfo é muito competente, além disso, já foi advogado antes, e pensa, em parte, como nós, o que sempre dificulta nosso trabalho. Mas tem um grande defeito, aliás, sempre teve, desde que nos conhecemos.

— E que defeito é esse? — interrompeu seu professor.

— É demasiadamente vaidoso, por isso, considera-se o melhor em tudo que faz, nunca pede conselhos a ninguém, não possui autocrítica. Me escuta e cobra depois! Nós vamos ganhar esse processo, não porque nosso cliente é inocente, mas pela imensa vaidade do delegado. Ele vai olvidar alguma prova, e é por esse furo que entraremos.

Inácio, como um bom estudante, ouviu tudo atentamente, mas não conseguiu captar todos os sentidos daquelas palavras.

Dr. Rodolfo já retornara ao camburão, tomando seu rumo. A penitenciária ficava um pouco distante da cidade, mais ou menos a uns quinze quilômetros. Fora inaugurada havia cinco anos, com a promessa de acabar com a superlotação do antigo presídio do município, que hoje servia para presos dos regimes mais brandos e para as mulheres.

Esse problema pareceu ter sido resolvido no primeiro ano, porém, com a onda crescente de novos crimes na região, virou apenas outra casa prisional para entrar na estatística brasileira de presídios superlotados.

No veículo, o delegado estava acompanhado de seu escrivão de confiança e mais dois outros agentes que vibravam com a prisão como se estivessem em uma partida de futebol. Algemado no fundo do camburão, Jerison mantinha-se quieto, buscando forças para não mostrar medo a quem quer que fosse.

— E aí, riquinho, preparado para chegar no teu hotel? — Um dos agentes ria.

Abaixou a cabeça, o criminoso não falou nada.

— És surdo, rapaz? Não ouviste a pergunta do meu colega? Tá querendo apanhar, seu merdinha?

Mesmo com a insistência, talvez anestesiado pelo medo, continuou em silêncio, nem esboçava reação.

— O playboyzinho é surdo mesmo, espera que vou aí atrás dar um corretivo e resolver esse problema de audição — disse um dos agentes, rindo.

Dirigiu-se ao fundo do veículo com um cassetete em uma das mãos, dando a nítida certeza de que surraria o algemado. Então o delegado interveio:

— O que é isso, agente? Queres virar bandido agora? Quem surra preso algemado é marginal, e não policial. Deixa o garoto em paz, já está começando a pagar pelo que fez.

— Pô, chefe, me desculpa, só ia dar um susto nele, não ia agredi-lo. Não que ele não mereça, mas porque sei que o senhor é contra esse tipo de atitude. E tua vontade, para mim, é sempre uma ordem.

Com a frustração de não vê-lo sofrer pela dor física, o outro agente, aproveitando-se da discussão dos dois, chegou mais perto do jovem e sussurrou em seu ouvido:

— E agora, rapaz, o que vais fazer? A surra que ia levar aqui não seria nada comparada àquela que os teus colegas de cadeia vão te dar.

— Sou inocente, seu policial, e meu advogado vai provar isso — falou pela primeira vez desde que entrou no camburão.

— É inocente nada! Mas até que teu advogado tente provar essa mentira, sabes o que vai te acontecer?

— Não... — respondeu mais por medo do que por curiosidade.

— Eles vão te quebrar todo, não vão te matar num primeiro momento, não porque não queiram fazer isso, e sim porque te querem vivo pra te comer a madrugada inteira.

Ante a cara de pânico de Jerison, o agente se empolgou. Quanto mais mostrava medo, mais o policial ficava feliz.

— Amanhã, quando tu acordares todo rasgado, vais te olhar no espelho e te verás vestido e maquiado como uma mulher. Sabe por quê?

— Vai te foder, seu miserável filho da puta — gritou o menino, não aguentando mais ouvir aquilo.

— Que isso? Sai daí de trás, agente, eu não disse para deixar o menino em paz? — interveio Rodolfo.

— Desculpa, chefe, só estava brincando com ele, esse vagabundo não sabe conversar com polícia.

— Achas que sou besta? Já disse, sai daí. Ninguém se dirige mais ao preso, exceto eu e o meu escrivão. Parem com essa chinelagem.

Nesse ínterim, Dr. Giovani e Inácio chegavam ao escritório de advocacia. Novamente ficariam até tarde da noite trabalhando. Precisavam dar um jeito de tirar o cliente do presídio, e não poupariam esforços para alcançarem esse objetivo.

Eram quase vinte horas, e a ressaca da noite anterior começava a se transformar em cansaço no advogado. Foi até o frigobar e abriu uma garrafa de refrigerante, encheu um copo em que havia colocado uma rodela de limão e algumas pedras de gelo e ligou para um restaurante da vizinhança pedindo uma pizza para ser entregue. Era visível o sinal de desapontamento e tristeza de ambos, mas a garra pelo trabalho superava esses obstáculos.

Ainda não tivera tempo de ler o habeas corpus elaborado por seu assessor. Sabia de sua competência, mas não poderia deixar de considerar que ainda se tratava de um estudante. Inclusive, a aula de Inácio na faculdade de Direito iniciara fazia exatamente uma hora. Cursava o período noturno, justamente para ter a oportunidade de trabalhar de dia.

Em ocasiões de emergência, faltava, convicto de que aprenderia muito mais com seu chefe do que com os professores. Ainda mais se tratando daqueles mestres, que poucas vezes haviam entrado numa delegacia ou em um tribunal, limitando-se apenas ao conhecimento teórico, como na aula ministrada nessa noite, de Direito Constitucional.

Antes de ler o habeas, pediu a Inácio a ordem de prisão, à qual tiveram acesso somente à tarde na delegacia. Analisou por alguns instantes aqueles dois documentos e vibrou:

— Eu disse que a vaidade iria derrubá-lo! — Deu um soco em cima da mesa que quase derrubou seu copo de refrigerante.

— O que foi, chefe? O que o senhor descobriu?

— Olha isso. — Apontou para o pedido de prisão feito pelo delegado e para a concessão assinada pelo magistrado.

— Tens razão, deveria ter me atido mais a esse detalhe. Ocorre que, quando fiz o habeas, ainda não tinha posse desse documento.

— Não importa, uma boa parte do que tu fizeste está correto, vamos aproveitar o texto.

O futuro advogado não escondeu seu contentamento. Era para isso que se dedicava piamente nos últimos anos de sua curta vida. Mal seu chefe acabou de elogiá-lo, o jovem foi até a outra mesa pegar uma máquina de escrever da marca Olivetti.

— Então, vamos lá? O senhor quer que eu digite enquanto dita?

— Nunca pensei que se sairia tão bem, garoto. Graças ao teu comprometimento, quero que continues trabalhando comigo depois que te formar.

Inácio sorriu e principiou a redação do documento. Neste instante, foram atrapalhados pela campainha. "Deve ser a pizza, que rápido", pensou Inácio, indo à entrada do escritório para recebê-la com certa alegria, pois a fome que sentia já se transformava em uma pequena dor de cabeça.

Ao abrir a porta, tendo a certeza de que logo jantariam, foi surpreendido por dois homens: o pai e o avô de Jerison.

— Desculpa a hora, mas não tinha como deixar de vir aqui. Estamos sofrendo, inseguros com o que está acontecendo — falou educadamente Dr. Augusto.

— Entrem, por favor. Não se preocupem, entendemos essa agonia. No momento, estamos elaborando a medida cabível para revogar a prisão preventiva — consolou-os Inácio, notando a cara de abatimento dos dois.

Dirigiram-se direto à sala do advogado e entraram sem bater à porta, que estava entreaberta. Presenciaram o esforço do defensor, o qual, mesmo tarde da noite, trabalhava em prol de seu cliente.

— Meu caro Dr. Ferri, perdão pela hora avançada. Minha esposa não para de chorar em casa, por isso viemos — disse Marco em tom de tristeza, sem perder a cordialidade.

— Boa noite, meus amigos. Sempre os atenderei, não importa o dia e a hora, em particular numa situação como esta. Não precisas te desculpar. É teu direito ser atendido, e, acima de tudo, é o meu dever.

— Obrigado, sabia que compreenderias — falou o pai do agora preso.

— Como podem ver, estamos trabalhando em um habeas corpus a favor do Jerison, que é a medida cabível para revogar a prisão. Espero acabar ainda nesta noite e levá-lo pessoalmente amanhã cedo.

— Perdoes minha ignorância, mas quem é que irá julgá-lo? — perguntou Dr. Augusto.

— Nesse caso específico, a ordem de prisão foi decretada por um juiz daqui da nossa cidade que é de primeiro grau, portanto, quem irá julgar será o tribunal de segundo grau, com sede na capital.

— O senhor vai ter de se dirigir à capital amanhã? Deixa-me pagar os custos da viagem, pelo que lembro os honorários não englobam esse tipo de despesa — falou o avô, alcançando-lhe um valor em dinheiro que facilmente cobriria duas viagens como aquela.

— Eu imagino o sofrimento de vocês e também de toda a família, porém, saibam que faremos o possível para reverter a situação.

Concluindo que nada mais tinham a fazer senão atrapalhar o trabalho dos dois, despediram-se com um aperto de mão e um abraço.

Era notório o sofrimento do pai e do avô assistindo a tudo o que construíram em uma vida inteira de labor ir embora pelo ralo. Não obstante, jamais perdiam a calma e a dignidade, motivo de serem pessoas tão respeitadas pela comunidade. "E todo esse trabalho para um garoto mimado estragar tudo", pensou Inácio.

A dupla continuou a elaborar a petição com uma concentração invejável, somente interrompida no momento em que alguém tocou a campainha, anunciando a chegada da pizza.

Pararam alguns minutos para um jantar improvisado, sem garfo e faca. Isto, naquela altura, somado à fome, era o que menos importava.

— Imagina se todos os nossos clientes tivessem a educação e a calma desses dois. Viveríamos bem mais, não achas? — comentou o Dr. Ferri.

— Não só acho como tenho absoluta certeza. Lembra aquela senhora, mãe do anãozinho que foi preso?

— Como vou esquecer? Quase nos enlouqueceu, chegou a me deixar uma carta dizendo que iria se suicidar se o filho não fosse solto.

Graças a Deus e ao bom senso do magistrado que lhe concedeu a liberdade, nos livramos dela.

— Alguma vez o senhor se arrependeu de ser advogado?

— Nunca. Jamais. Canso, me chateio, fico aborrecido por não passar mais tempo junto à minha família, principalmente ao meu filho pequeno, e, é claro, há situações tristes e injustas que temos de suportar.

— E se o senhor não fosse advogado, o que teria feito da vida?

— Boa pergunta... Não sei a resposta.

Terminaram a janta e voltaram à labuta. O relógio marcava mais duas horas da manhã ao finalizarem. No outro dia, precisariam acordar cedo para viajar à capital. Assim, foram até suas respectivas casas para tentar dormir ao menos um pouco.

A menos de vinte quilômetros dali, Jerison tinha chegado ao presídio fazia algumas horas e já começava a vivenciar uma realidade que nunca imaginara, nem mesmo nos seus piores pesadelos.

O prédio era como um alçapão, cercado por muros extensos de três metros de altura, cobertos de arame farpado na parte superior. Havia apenas uma entrada, fechada por um portão tomado pela ferrugem e vigiada por três guardas armados, um com uma arma calibre doze, os outros com revólveres, que se revezavam de oito em oito horas.

Logo que o camburão foi avistado, os guardas o reconheceram e trataram de abrir o portão que dava acesso ao presídio. Passaram pela entrada a menos de cinco quilômetros por hora, e dois dos guardas que faziam a segurança acenaram com um sinal de positivo, em aprovação ao trabalho do delegado. O outro, conhecido pela sua preguiça e mau humor, nem tirou a bunda da cadeira ou foi capaz de cumprimentá-los.

Percorreram mais cinquenta metros até a entrada do único pavilhão de acesso. Seu interior se subdividia em duas alas, cada uma dominada por duas diferentes gangues da região.

Felizmente, nessa parte do país ainda não existiam as famosas facções organizadas, que começavam a bagunçar o Brasil; o crime limitava-se a gangues mal organizadas, que usavam de violência sem nenhuma inteligência, mantendo mínimos princípios de honra. Isto é, a maioria das pessoas de bem ainda não viviam dominadas pelo terror.

Pararam o veículo, sendo recepcionados pelo diretor do estabelecimento prisional, um homem de meia-idade chamado Jonas, mas com aparência de mais velho, certamente adquirida pela vida que levava e pelos atos de corrupção que diariamente cometia naquele ambiente que muitos considerariam pior do que um esgoto.

— Parabéns, caro delegado. Tu não me trouxeste um simples preso, e sim um troféu. Não te preocupes que vamos cuidar muito bem dele aqui. Terá tratamento VIP.

— Olha, Jonas, deixa de ironia, sabes que não gosto da tua pessoa e, se dependesse de mim, estarias do outro lado dessas grades. E vê se não vai fazer judiaria com o rapaz.

— Que isso, delegado? Nunca fiz nada para o senhor — tentou se redimir.

— Se fizesse, já seria um homem-morto. Não te esqueças que a família do garoto tem influência; se acontecer algo com ele, vai sobrar para ti, e farei questão de vir pessoalmente prendê-lo.

— Calma, delegado, aqui nós respeitamos os direitos humanos — ironizou.

— Ora, seu filho da puta, tá pensando que sou idiota, seu...

Na hora em que o desbancaria, foi contido por seu braço direito, o escrivão Ivan, que havia anos o acompanhava.

— Chefe, não vale a pena brigar com esse elemento.

O diretor permaneceu quieto, nem poderia ter outra atitude. "Elemento" era quase um elogio, se comparado aos apelidos realmente dignos de sua falta de caráter.

Arrumaram a papelada da entrega do preso, colheram a assinatura do diretor e deram um jeito de ir embora o mais rápido que podiam.

— Ainda vai chegar o dia desse ladrão desgraçado cair. Não é possível que, com o salário que ganha, more naquela mansão e viaje todo ano para os Estados Unidos — comentou um dos policias no caminho de volta.

— Não existe crime perfeito, rapazes, ainda mais os praticados por esse imbecil — falou o escrivão.

Quanto a Jerison, desconhecia o que o esperava em sua nova casa, bem como o tempo que lá permaneceria. Deu seus primeiros passos em silêncio, acompanhado por Jonas. A todo tempo, lembrava as dicas do seu advogado: "Tu tens dois ouvidos e uma boca. Sabes o que isso significa?".

Andaram por cerca de trinta metros até uma sala onde mais dois agentes os esperavam. O local cheirava a mofo. Na porta, havia uma placa dizendo "Conferência". Os guardas de lá ordenaram que se despisse.

Entregou suas roupas e seus objetos para o diretor. Em seguida, recebeu um papel para assinar. Quando começou a ler o que dizia naquele documento, levou seu primeiro soco na cabeça:

— Eu falei que era pra assinar, seu imbecil, e não pra ficar lendo — disse o diretor.

— Sim, senhor — respondeu Jerison, com uma raiva dentro de si que o tornaria capaz de matá-lo, se tivesse a oportunidade.

O documento afirmava que o preso não tinha deixado nada de valor para ser guardado, apenas algumas peças de roupa que poderiam ser descartadas.

Depois que assinou, lhe foi entregue uma espécie de uniforme laranja que os presidiários usavam. Na sua frente, o diretor guardou no próprio bolso, na maior cara de pau, seu relógio, que usava desde a época da adolescência, e uma corrente que ganhara do seu avô ao completar quinze anos.

A expressão de Jonas era de alegria: como se não bastasse ter agredido o rapaz, surrupiara-lhe alguns objetos. Com um sorriso cínico, dirigiu-se a Jerison:

— Agora que estás devidamente vestido, vamos falar de negócios. Não gosto de conversar com homens sem roupa. — Gargalhou.

— Sim, mas a que tipo de negócios te referes? — perguntou, sem a mínima noção do que estava acontecendo.

— Ora, garoto, não te faças de desentendido. Achas que estou pra palhaçada? — gritou, dando-lhe mais um murro, agora no meio de seu nariz, que encetou a sangrar.

— Calma, seu diretor, não quis ofendê-lo!

— Eu também não quis machucá-lo, verme — berrou.

— Então, vamos negociar? — propôs Jerison, a voz um pouco mais firme, como quem quer adquirir respeito.

— Como tu deves saber, nosso hotel tem duas alas. Numa estão te esperando para te transformar na mulher que talvez sempre sonhaste ser. Na outra, fica teu amigo Damião. Correto?

— Sim...

— Diante disso, eu vou decidir para onde vais. Minha vontade é mandá-lo à ala dos tarados, onde muitos o esperam com bastante tesão. Por sinal, acho que vou fazer isso agora...

— Não senhor, por favor, não faças isso, eu te imploro! — cometeu o erro de mostrar medo e derramar lágrimas diante aquele lixo humano.

— Pois é, tu sabes que implorar não adianta nada, teremos que negociar. Do contrário, garanto que amanhã estarás tão rasgado que nem conseguirias sentar num banco cheio de almofadas.

— E como vamos negociar? — questionou, posto que a resposta poderia salvar sua vida.

— Como todo negócio: com dinheiro, é claro.

— Quanto isso vai custar? O pouco dinheiro que eu tinha já está com o senhor.

— Que isso, rapaz! Estás me chamando de ladrão? Pensas estar falando com quem?! — Distribuiu mais três socos contra sua face, que o levaram a beijar o chão.

— Calma senhor, não quis desrespeitá-lo, apenas falei que agora não tenho mais dinheiro, mas certamente posso arrumar com a minha família para pagá-lo — falou enquanto tentava se levantar e recuperar o raciocínio.

— Bem que eu imaginei que era isso, aliás, tu jamais me acusaria de ser corrupto, até mesmo porque nesta casa vigora a honestidade e o respeito pelos direitos humanos, não concordas?

— Lógico que sim, meu senhor.

— Pois bem, já perdemos tempo demais, vamos começar a falar como gente civilizada, o que somos. Na primeira semana, vai te custar mil e quinhentos cruzados, e precisa pagar no máximo em quarenta e oito horas. Depois disso, em nome da minha bondade, esse valor vai baixar para mil cruzados. Negócio fechado?

— Fechado — aliviou-se, certo de que sua família não o abandonaria.

— Esse acordo é sigiloso. Se um dia outra pessoa descobrir, as consequências para ti serão terríveis. Certo?

— Fica tranquilo, senhor.

Com o nariz sangrando e o rosto inchado, Jerison foi levado por dois agentes penitenciários à ala de Damião. Andavam em meio a um cheiro insuportável e paredes dominadas pela sujeira e umidade.

Olhando à sua esquerda, viu as estrelas através de uma janela entreaberta no alto da parede e se pôs a pensar na importância de algo que teve durante toda a sua vida, mas que jamais valorizou: a liberdade.

Mais alguns passos e se deparou com duas grades de ferro, uma atrás da outra, separadas por uma distância de aproximadamente dois metros, onde mais três agentes com aparência de poucos amigos faziam a vigília.

— Esse é o preso novo, me parece que ficará sob os cuidados do Damião — disse um dos agentes.

— Estava à tua espera, ele já nos avisou.

Tiraram suas algemas, abriram as grades que davam acesso à ala oeste e o empurraram para dentro como se fosse um cachorro, vindo a cair de bunda no chão.

— Aproveita a estadia — disse o agente mais velho, rindo com os demais.

A capacidade dessa ala era para cento e vinte presos, mas cerca de duzentos e cinquenta se acumulavam ali. Em sua grande maioria, eram pobres, com pouco estudo e histórico de desequilíbrio e violência. Viviam nesse lugar insalubre, com um cheiro pior do que uma fossa e uma comida capaz de fazer qualquer pessoa de classe média vomitar. Caso o famoso escritor Dante Alighieri estivesse vivo e conhecesse o local, certamente reescreveria sua famosa obra com base nele. Enfim, eram presos... Quem se importaria com eles?

Jerison tinha certeza de que vivia um pesadelo. Chegou a pensar em se beliscar para ver se despertaria de seu sono. Obviamente, não conseguiu: estava sim diante de sua nova realidade.

Em cada direção para que olhava, enxergava pessoas atulhadas em celas pequenas atrás de grades abertas. No meio de todos, não havia um guarda sequer. Entendeu que dentro desses pavilhões quem mandava não era o Estado, mas os próprios detentos.

Não sabia para onde ir, muito menos o que fazer. Seu nariz continuava sangrando e, agora, lhe despertava uma fome imensa. A sua última refeição tinha sido ao meio-dia, e já era tarde da noite, nem imaginava que horas — nunca mais veria seu relógio, afinal. "Larápio", Jerison xingou Jonas mentalmente.

Observando ao seu redor, se impressionou com o aspecto daquela gente, nem parecia que viviam no mesmo país que ele. Eram majoritariamente pessoas negras ou pardas, muitas delas desdentadas.

Sentiu alguém tocar em suas costas e virou-se ligeiro, esperando outra agressão ou algo pior:

— Calma, meu chapa, posso apostar que é o amigo do Dr. Ferri. Estou certo?

— Sim, senhor. Deves ser o Damião.

— Eu mesmo, camarada, sejas bem-vindo à tua nova casa.

O garoto ficou surpreso mais uma vez, só que agora com a estatura física de Damião. Era um homem negro, aparentava ter um pouco mais de quarenta anos e media cerca de um metro e noventa de puro músculo, com um sorriso que demonstrava a precariedade de seus dentes.

A história desse preso era um pouco diferente da dos demais. Filho de um porteiro de cabaré e de uma dona de casa que tiveram mais cinco filhos, havia estudado até os dezesseis anos, não foi mau aluno, mas não teve condições de entrar em uma universidade devido à pobreza de sua família.

Nos últimos anos da escola, trabalhou com seu tio como servente de pedreiro. Não tinha dificuldade nenhuma em manter as duas coisas ao mesmo tempo, pois possuía energia de sobra, e quando sua mãe permitia, ajudava seu pai nos finais de semana no bordel para ganhar uma quantia quase que insignificante de dinheiro.

Nessa época, conheceu um velho negro que lhe ensinou a lutar boxe. Sua estatura física o colocava em enorme vantagem contra a maioria de seus oponentes.

Aos dezoito anos, casou-se com uma vizinha, pobre como ele. Aos vinte e um, já tinham dois filhos. Aos poucos, foi largando a luta, que não rendia mais do que alguns trocados, para ter tempo de exercer um "trabalho de verdade", como dizia sua mãe. Passou a atuar em turno integral como segurança de um supermercado.

Podia-se dizer que tinha uma vida feliz: não possuía ambição e criava seus filhos com amor. Assim a vida foi transcorrendo, sem nada que o diferenciasse do brasileiro pobre. Pelo menos até o momento em que estava prestes a completar trinta anos, quando um ex-presidiário recém-saído da cadeia tentou beijar sua mulher à força numa parada de ônibus perto de sua casa. Por azar, ou sorte, alguns vizinhos viram aquela cena e o chamaram; em menos de cinco minutos, o marginal já estava partindo para a outra vida.

Depois de lhe socar o corpo inteiro, Damião o esganou com as próprias mãos. Como falam até os dias de hoje naquele vilarejo de gente humilde: "O desgraçado foi direto para o Inferno". À época, o caso ganhou certa notoriedade pelo jeito como o abusador morreu e pela força descomunal do agressor.

Damião passou alguns dias preso, por óbvio que não tinha condições de contratar um bom advogado, mas, para a sua felicidade, Dr. Giovani Ferri ouviu falar da história de "um sujeito de bom coração que matou um estuprador que tentava agarrar sua mulher", como referiu-se a ele um repórter criminal.

Nos dias em que esteve preso, Damião fez fama de bom brigador dentro da cadeia, chegou a gostar daquele ambiente. "Até que a comida não é tão ruim e tem briga todo dia", dizia para seus companheiros de cela.

Na primeira vez que viu Dr. Ferri, vestido com terno e gravata, foi como se tivesse enxergado um anjo à sua frente, em especial após ele dizer que o defenderia de graça e arrumaria colégio para seus filhos.

Em alguns dias, estava solto. Anos mais tarde, quando foi a júri popular por essa morte, seu advogado o absolveu por nada menos do que sete votos a zero. Durante a sessão de julgamento, o defensor o apresentou como um pai de família que livrara a sociedade de um estuprador, um bandido que seria capaz de matar um inocente para saciar seu bolso ou sua tara.

Damião ainda se recordava das últimas palavras de sua defesa, proferidas naquele que foi um dos dias mais felizes de sua vida: "Se condenarem esse pobre homem, que nada mais fez do que proteger sua esposa de um parasita, estarão permitindo que, amanhã, nossas mulheres sejam violadas por delinquentes sem que possamos protegê-las.

E isto jamais poderemos permitir".

Sempre que rememorava o julgamento, lembrava-se da promessa feita nesse dia: "Pelo Dr. Giovani Ferri, eu mato e sacrifico minha própria vida". Tinha seus defeitos, mas era um homem de palavra.

Ocorre que, depois desse delito, tomou gosto pela coisa e também conheceu pessoas erradas. No início, não teve vontade de entrar para o submundo do crime, mas a cada mês recebendo seu parco salário por mais de dez horas diárias de trabalho, se desanimava. Seus antigos parceiros de cárcere ganhavam bem mais do que isso por assalto.

Antes de seu julgamento não cometeria nenhum deslize, pois jurara ao seu advogado que não faria absolutamente nada que atrapalhasse a sua defesa. Porém, no quarto mês seguinte à absolvição, não aguentou a tentação do dinheiro fácil e praticou seu primeiro assalto com seus comparsas. Deu certo: ganhou, em poucas horas, o que receberia em mais de seis meses de trabalho. Aí, não conseguiu parar mais.

Durou meio ano, seis meses de felicidade plena. Logo na primeira semana já largou o emprego e começou a esbanjar. Até que demorou para ser preso; quando isso aconteceu, não teve coragem de pedir ajuda para seu advogado; "Desta vez, estou errado, não posso incomodar aquele santo homem", pensava.

Não demorou muito para alcançar a condição de líder dentro do sistema penitenciário, em razão do seu carisma, inteligência acima da média e, principalmente, pela sua fama de bom brigador.

Teve outras chances de conhecer a liberdade, mas em alguns meses voltava para a cadeia. "Meus filhos têm estudo e uma boa mãe lá fora, sou um privilegiado", pensava, acreditando piamente nessa ideia.

Quando Inácio lhe pediu esse favor em nome de Dr. Ferri, sua vida se encheu de alegria. Poderia retribuir um gesto bondoso de uma pessoa que lhe tratara como um verdadeiro ser humano.

— Vem para cá comigo, garoto, aqui ninguém tocará em ti, relaxa. Vais dormir na mesma cela que eu, posso te garantir que não existe lugar mais seguro nesta cidade do que ao meu lado.

— Muito obrigado, Seu Damião, não tenho palavras para te agradecer.

Caminharam na companhia de seis presos, que faziam sua segurança, rumo a uma cela situada no final do corredor. Por mais estranho que parecesse, era mais vigiada do que qualquer casa luxuosa da cidade — talvez até mais do que a própria delegacia. Na peça com mais ou menos doze metros quadrados, dormiam cinco presos, constituindo, sem dúvida, uma suíte, se comparada às demais.

O cheiro do lugar era insuportável, mesmo assim, Jerison sentia-se aliviado por estar na melhor situação possível dentro daquele ambiente. "Ao menos não vou virar moça desses cadeeiros", pensou.

Seu estômago vazio encorajou-o a pedir algo para comer. Falou cheio de receio:

— Seu Damião, não quero incomodar, mas teria alguma coisa para comer? Estou desde o meio-dia sem me alimentar.

— Ô, meu chapa, claro que sim, tive o cuidado de guardar tua janta. Não deixaria um amigo do meu ídolo passar fome. — Apontou para um prato de comida fria ao fundo da cela.

A refeição era de dar inveja, não para um ser humano, é claro, mas talvez para um porco que habitasse um chiqueiro. Não era servida em um prato, e sim numa tigela que um cachorro de madame estranharia, e a comida não era identificável, mais parecia com pedaços de arroz grudados a pequenas tiras marrons, quiçá salsichas estragadas há muito tempo.

Instantaneamente, ao avistá-la e sentir seu odor, Jerison teve vontade de vomitar. A fome transformou-se em enjoo, mas sabia que não poderia renunciar àquela gentileza do homem que lhe protegia. Por isso e pelo medo de perder a segurança, engoliu toda a nojeira, esforçando-se para não demonstrar o que realmente sentia.

Comeu com as mãos — garfo e faca não existiam, ao menos não naquele momento. Terminou o banquete em cinco minutos, mas sentia que o gosto jamais sairia de seu paladar.

Notou que Damião e os outros presos o observavam como se ele fosse de outro planeta.

— Então, rapaz, o que estás achando daqui? — perguntou Damião.

— Nada mal, graças à tua proteção. Nunca vou me esquecer disso! Algum dia, pretendo te retribuir — falou com certa sinceridade.

— Aqui todos somos criminosos, mas não somos chinelos. Entendes o que digo, rapaz? — indagou, testando-o.

— Sim, senhor.

— Falo isso porque, por mais que todos tenham matado, roubado ou traficado, não admito judiaria e covardia no meu pavilhão, diferente do que acontece na ala leste.

— Tenho certeza de que sim, senhor. Pelo que vi, todos o respeitam.

— Outra coisa: aqui não se aceita estuprador e assassino de criança. Respeitamos a família.

No transcorrer da conversa, Jerison impressionava-se mais e mais com a educação desse preso. Falava um português correto, nem se assemelhava ao restante. Porém, o que mais lhe causava surpresa era quando se dirigia a detentos menos instruídos: aí, usava a mesma linguagem deles. Assumia personagens diferentes.

— Estás há poucas horas aqui, mas já deves ter entendido a nossa realidade. Não percebeste? — questionou o chefe.

— Não entendo, senhor. Talvez tenha muita gente inocente aqui, seria isso?

— Nem tanto, olha à tua volta, a maioria cometeu algum crime. Mas me diz, não achas isso muito injusto?

— Sim...? — Temia comprometer-se com a resposta.

— Vê bem, essa gente está aqui porque os que deveriam prezar por eles não cumpriram seus papéis. Ou tu achas que, se eles tivessem escolha, optariam por esta vida?

— Não, com certeza não — compreendera, em parte, o raciocínio.

— Entendes o que te falo? Se eles tivessem frequentado um bom colégio, conseguido um emprego decente, acessado um sistema de saúde digno, não estariam presos. Os criminosos de verdade não são eles, por mais que tenham assaltado e até mesmo tirado outras vidas de quem nada tinha a ver com a história.

— Concordo plenamente, meu amigo — foi breve, lembrando-se das palavras de seu advogado: jamais contrariar as ideias malucas de Damião.

— E quando falo isso, afirmo sem medo de errar: bandidos são esses malditos políticos corruptos. Se não fossem esses parasitas, teríamos escolas, hospitais, bons empregos para todos. A miséria, com muitas pessoas nem sequer possuindo água potável ou um vaso sanitário em casa, não existiria. Esses sim são os criminosos que deveriam estar presos; o resto, meu chapa, é só consequência.

Jerison nunca pensara sobre isso, pois vivia numa realidade completamente diferente. Aquela conversa, de fato, começou a lhe fascinar:

— Mas qual é a alternativa para isso? — questionou, intrigado.

— Ora, esses vermes vão continuar roubando, só que eles não têm essa visão de dentro da cadeia que tu estás tendo a oportunidade de acessar, mesmo contra a tua vontade. Então olha à tua volta e pensa.

Por alguns instantes, seu medo sumiu, e ele foi tomado pela curiosidade. Para cada canto que olhava, via homens entulhados. Pensou, pensou e respondeu:

— Seu Damião, acho que um dia isto aqui vai explodir. Eles não aguentarão tanto sofrimento de um lado, vendo tanta riqueza e corrupção de outro.

— Meu orixá — vibrou aos gritos o chefe, assustando o novato —, até que um dia recebi alguém para trocar ideias. Salve minha Rainha Iemanjá — entusiasmou-se.

Os presos do entorno, que não eram poucos, miraram a sala. "O chefe está de bom humor, ótimo sinal, devem estar programando um assalto", pensaram alguns.

— Tem coisa que tu nem imaginas que possa acontecer no futuro...

— Como o que, por exemplo?

— Hoje, em todo o país, passamos despercebidos. Somos um pouco mais de cinquenta mil detentos no Brasil, em sua maciça maioria pobres, sem estudo, sem planejamento, e, principalmente, sem união. A sociedade nos trata como se pudéssemos facilmente ser descartados, vivemos atrás do esgoto, onde ninguém quer mexer.

— Concordo. E daí? — perguntou com certo atrevimento, e logo se arrependeu.

— E daí que dentro de algumas décadas, não sei quantas, seremos mais de um milhão, nesse ritmo em que o país caminha. Cresceremos desproporcionalmente à população, e quando os burocratas se derem conta disso, será tarde demais. O Brasil que tu conheces nunca mais será o mesmo.

Assustado, mas, ao mesmo tempo, deslumbrado pela conversa, perguntou:

— E o que o senhor acha que vai acontecer?

— Será um Deus nos acuda, teremos mais homens do que as Forças Armadas dispõem em seus exércitos, mas sem burocracia, sem papelada, com muito ódio. No nosso meio, não será preciso um processo que dura anos para termos uma sentença, bastará a ordem ser dada de dentro de um presídio para que uma pessoa morra, ou seja, teremos muito mais agilidade do que essa porcaria de Estado.

Já era tarde da noite quando a conversa foi interrompida por uma cantoria misturada ao cacarejo de galinhas. Surpreendido pelo ocorrido, Jerison ingenuamente perguntou:

— O que é isso, Seu Damião?

— Nada de mais, garoto, apenas homens exercendo sua religião.

E no meio de pulgas e alguns ratos, ao som de cantos estranhos e animais sendo sacrificados, dormiu em um colchão de palha, fascinado pela conversa, mas impressionado com a situação que começava a vivenciar. Pelo menos um pouco do medo lhe abandonara.

Dr. Ferri abriu o portão eletrônico de sua garagem e avistou sua esposa, Sofie, à sua espera, com cara de cansada, como se algo de errado tivesse acontecido.

— Desculpa o horário, meu amor, fiquei trabalhando até agora — justificou a ausência.

— Eu te entendo, não te preocupes comigo. É que Valentim te esperou acordado até agora há pouco, ele sente muito a tua falta, não queria dormir antes de tu leres uma história. Resistiu o quanto pôde, acabou pegando no sono.

— Puxa vida, me perdoa, sabes que amo vocês mais do que tudo. Essa situação do neto do Dr. Augusto está me tirando da rotina.

— Imagino. E tem outra coisa... — angustiou-se.

— O que houve, meu bem?

— A mãe de uma das amigas das nossas filhas disse que tu viraste o "advogado do Diabo". As meninas ficaram muito tristes.

— Nem precisas me dizer quem é, deve ser aquela fofoqueira. — Sofie aquiesceu, não deixando a menor dúvida acerca da identidade da pessoa. — Eu ao menos pago minhas contas em dia e não fico comendo as empregadas, diferente do marido dela.

Riram e se beijaram ali mesmo na garagem. Ele prosseguiu, mais temeroso:

— Não dês importância para isso. Me diz uma coisa: falaram que eu sou o tal advogado do Diabo para o Valentim?

— Realmente acha que alguém falaria mal de ti perto do nosso filho? — brincou.

— É, ninguém teria coragem!

Era notório que já escolhera o seu filho predileto; por mais que gostasse de suas meninas, nada se comparava ao amor que nutria pelo caçula.

Conversaram mais um pouco e foram dormir. O advogado teria poucas horas para descansar, pois em breve estaria na estrada, em direção à capital, buscando a liberdade de seu cliente.

O relógio marcava exatamente cinco horas da madrugada quando o despertador tocou. Dr. Ferri nem acreditava que o tempo passara tão rápido. Seu corpo todo doía, reflexo do cansaço acumulado dos últimos dias, mas não tinha opção senão levantar-se da cama.

Foi direto para o banheiro da suíte. A chuveirada não durou cinco minutos. Na sequência, fez a barba, deu um nó rápido na primeira gravata que achou e vestiu um terno. Quando saiu do closet, reparou que sua mulher não estava mais deitada. "Que será que aconteceu?", pensou.

Deu mais alguns passos pela casa e começou a sentir um cheiro agradável de café recém-passado, que logo foi se transformando em alegria ao perceber que Sofie estava na cozinha, arrumando seu desjejum:

— Nossa, meu amor, não precisavas levantar da cama tão cedo.

— Realmente achas que, depois de tanto que trabalhaste, ia te deixar viajar de estômago vazio?

Abraçaram-se carinhosamente por alguns segundos.

— É por essas coisas que eu te amo, sabias? — disse o advogado em tom romântico.

— Claro que sabia, seria impossível se não me amasse — troçou.

— Imagina se, com todas as desgraças que eu vejo no trabalho, ainda tivesse incômodo dentro de casa. O que seria de mim?

— Basta olhar para alguns dos teus colegas, que têm famílias desestruturadas. Ficarias bêbado, barrigudo e com aspecto de sujo, como eles.

— Achas isso mesmo?

— Tenho certeza. E, ainda por cima, passaria algumas noites nesses cabarés. Logo envelheceria. Por isso nunca te esqueças da mulher que tens em casa, sempre te esperando, e que te ama muito.

— Nunca vou esquecer.

Olhou mais uma vez para o relógio: marcava cinco e meia. A conversa e o café estavam ótimos, mas precisava pegar Inácio em sua casa para viajarem. O trajeto até a capital duraria cerca de três horas. Deveria fazer tudo até o meio-dia, pois tinha oito clientes para atender em seu escritório a partir das dezesseis horas, remarcados devido à viagem repentina.

Quando o sol dava seus primeiros sinais, os dois já estavam na estrada.

Enquanto isso, as mesmas luzes solares invadiam a cela de Jerison por uma pequena janela protegida com algumas barras de ferro no canto superior direito daquele cubículo.

Não somente pela luz que invadia "seu quarto", mas, principalmente, em razão da coceira causada pelas pulgas, somada à dor que sentia pelos golpes levados na noite anterior, despertou antes das seis horas da manhã.

Pela primeira vez, realmente se deu conta da besteira que fez. Não que nutrisse piedade pela mulher que matou ou por sua família, mas arrependia-se de ter jogado tudo que tinha fora. "Bastava não ter apertado aquele maldito gatilho", ponderava, sem entender o porquê de ter comprado aquele revólver.

Alguns dos outros presos começaram a acordar, e, um pouco mais tarde, uma sirene ensurdecedora tocou, anunciando o café da manhã.

Alguns agentes entraram no pavilhão empurrando três espécies de carrinhos de mão com baldes de café que mais pareciam chá pela aparência incolor. Também traziam sacos de estopa carregados de pães enormes que lembravam pedaços de pedra, atirados para dentro das celas.

O recém-chegado teve vontade de escovar os dentes e tomar um banho, mas não se animou a perguntar como se fazia a higiene naquele lugar.

Damião acabava de despertar com um aspecto mal-humorado. Inicialmente, limitou-se a dar bom-dia para ele. Após esticar-se e esfregar suas mãos no rosto, falou:

— Come, garoto, aproveita agora, porque depois só terás outra refeição ao meio-dia, e não tenho nem ideia de que tipo de comida vai vir — disse seu protetor.

Era certamente o horário mais calmo naquele ambiente, todos estavam ainda meio que dormindo e começando a comer aquela porcaria. Quanto mais Jerison prestava atenção, mais se sentia enojado com toda aquela miséria e porquice. Cada vez que respirava, mais se nauseava com o cheiro podre que rondava em todos os cantos.

Pensava por quanto tempo ficaria preso. "Um mês, um ano, talvez até cinco." Sempre que refletia sobre essas possibilidades, desejava morrer. "Não vou aguentar esta vida, preciso dar um jeito de fugir ou de me matar."

Ao acabarem o "banquete", Damião puxou conversa:

— Vem comigo, garoto, vou te mostrar um pouco das minhas dependências. Anda despreocupado, todos aqui sabem que está sob minha proteção.

O pavilhão era grande, em formato de "L", com apenas um andar. Comportava exatas trinta celas que abrigavam um pouco mais do que o dobro da capacidade máxima. A única barreira que os separava dos guardas e da liberdade era a entrada por onde Jerison veio, com duas grades de ferro e três agentes armados.

Caminharam por todo o pavilhão. No centro, havia uma pequena quadra de futebol de chão batido. Notou que, além dos sanitários e de um único chuveiro a cada quatro ou cinco celas, havia apenas um banheiro muito maior ao final do corredor.

— Vamos fazer a higiene, guri. — Indicou esse banheiro.

As latrinas até que não eram tão sujas, mas o odor era insuportável, e o papel higiênico estava mais para uma lixa.

— Tá vendo este banheiro? Antes de eu assumir o comando, era tudo infestado de moscas e ratos — contou, orgulhoso.

Havia dez chuveiros coletivos com água gelada, que, no pico do inverno, derramavam um pequeno feixe de água morna, disputada pelos presos como se fosse ouro.

Tomaram banho silenciosamente, na companhia de seus jagunços e de outros presos, tudo muito amigável. Damião, de fato, administrava a casa de modo formidável, pelos meios que tinha.

— Não tenho escova e pasta de dente para ti, creio que tua família deverá trazer. Aposto que o lixo do Jonas não te deu nenhum material de higiene, estou certo?

— Está certo, sim, senhor.

— Tinha certeza disso, boa parte do material que vem pra cá, esse desgraçado vende e embolsa pra si e para mais uma meia dúzia de cúmplices, de quem ele compra o silêncio por um pouco mais do que nada.

— Filho de uma puta — deixou escapar Jerison.

— É um rato. Se eu quisesse, amanhã mesmo ele amanheceria morto dentro da própria casa, ou talvez mandaria jogar seus pedaços num rio. Meus amigos lá de fora adorariam fazer isso.

— Por que tu não o queres morto? — Arrependeu de imediato da pergunta, lembrando-se das recomendações de seu advogado.

— Ora, garoto, pensa: melhor um diretor corrupto do que um honesto linha-dura. No mais, o pessoal da magia negra aqui de dentro já se encarregou de fazer um trabalho para ele. Em breve, ele terá um câncer que o consumirá até seu último suspiro. Isso eu garanto. O meu pessoal da religião não brinca em serviço, já deixaram preparado seu destino, para que sofra antes de perecer. Ele mesmo vai torcer pela morte, de tanta dor que sentirá em seus últimos dias.

Impressionado com a conversa, questionou, ignorando as regras do silêncio:

— E depois de sua morte, o que achas que acontecerá com ele?

— Certamente vai ser comido pelo Diabo no Inferno — falou como se fosse o próprio demônio, esfregando suas mãos. — E tu, guri, tens religião?

— Não, nunca fui de ir à igreja. — Se tivesse acreditado nos dogmas católicos de sua família, talvez seu destino fosse completamente diferente do atual. Teve uma pontada de arrependimento.

Após saírem do banheiro, andaram mais um pouco dentro do pavilhão. Admirava o respeito que os presos tinham por Damião. Era como se fosse uma espécie de general, entretanto, com soldados desprovidos de ideologias. Fitavam-no com uma mistura de medo e admiração.

— Tá vendo aquela cruz ali? — perguntou, alegre.
— Sim.
— Eu é que mandei colocar, já faz mais de três anos.
— Por qual motivo, Seu Damião?
— Para que os que aqui habitam não se esqueçam do acontecido.
— O que aconteceu? O senhor pode me falar? — Era sempre vencido pela curiosidade.
— Havia um preso metido a lutador que queria dominar o meu pavilhão. Um assaltante de banco de meia-tigela, falava demais. Quando ele estava tomando café da manhã, eu o tirei de sua cela e o arrastei àquele ponto, na frente de todo mundo. Bati nele até que desmaiasse. Aí eu separei sua cabeça do corpo com esta minha adaga e ordenei que ninguém a tocasse. Os ratos a consumiram quase que por inteiro.
— Certamente ele mereceu... — Jerison engoliu em seco.
— Óbvio. Após os ratos darem fim na carne da cabeça, eu a coloquei onde está a cruz, numa estaca. Os agentes levaram dias para terem coragem de a tirar dali. Dei um bocado de dinheiro pro Jonas, e a perícia constatou que ele cometeu suicídio. — Riu. — Agora tu entendes por que é melhor um diretor corrupto do que um linha-dura?
— Sem dúvida. O senhor é muito inteligente. — Ganhava, assim, a simpatia do chefe daquele submundo.

Algumas horas mais tarde, Dr. Ferri chegava ao Tribunal de Justiça, acompanhado de seu fiel assessor. Estacionaram em uma garagem privada quase em frente ao prédio, atravessaram a larga avenida que os separava dele e adentraram no lugar em que seria decidida a liberdade do seu cliente.

Era um prédio imponente, repleto de mármore e granito. Quem olhasse somente para ele e não avistasse os casebres a menos de um quilômetro dali, não acreditaria que era um imóvel público de um país de terceiro mundo.

Por estarem usando terno e gravata, não foram revistados nem tiveram que apresentar documentação. Dirigiram-se à secretaria para distribuir o habeas corpus, onde foram atendidos por uma servidora:

— O que seria para os senhores? Como posso ajudá-los?

— Viemos do interior para protocolar este habeas. Por tratar-se de uma pessoa que está presa, e, diga-se de passagem, injustamente, gostaria de conversar com o desembargador designado ao caso.

— Vou ver se providencio isso — falou, pegando os documentos que lhe foram entregues para carimbá-los. Retirou-se e pediu que os dois esperassem ali.

Lá fora, as primeiras gotas de água começavam a cair, e logo veio a chuva, que fez com que o dia tivesse aspecto de noite, tão forte se tornava. Ouviram no rádio que esta se estendia por quase todo o estado.

Os minutos que a atendente disse que levaria viraram quase uma hora, até que reapareceu, carregando uma lata de refrigerante em uma das mãos e um pedaço de empada na outra.

— O desembargador está analisando o teu pedido de liberdade, disse que vai receber o senhor às onze da manhã.

— Muito obrigado, senhora. Posso te perguntar uma última coisa? — indagou Dr. Ferri, com a educação que lhe era peculiar.

— Claro que sim, doutor.

— Qual desembargador foi designado?

— Quem irá julgar teu pedido será o Dr. Napoleão Dias.

— Muito obrigado, às onze horas estaremos de volta. — Não omitiu sua expressão de felicidade.

Inácio olhou para o relógio: eram quase dez horas, teriam de esperar para falar com aquele magistrado.

— E aí, chefe, o que vamos fazer? — questionou, curioso por mais detalhes sobre o desembargador, mas não tendo coragem de perguntar diretamente.

— Se não fosse a chuva intensa que cai lá fora, te convidaria para irmos a uma boa cafeteria a duas quadras daqui, mas não pretendo me molhar.

— É verdade, parece que está caindo o mundo.

— Então vamos à lancheria do tribunal. Fica no segundo andar e não é das melhores, mas tu, como eu, deves estar com fome.

— Estou, sim, não tomei café ainda — confessou o estagiário.

No caminho para o bar, subindo as escadas, Dr. Ferri encontrou um advogado conhecido, que, no entanto, se mostrou íntimo demais: ao enxergá-lo, lhe deu um longo abraço, como se fosse da família.

Disparou perguntas acerca de sua presença na capital. Ele mais se parecia com um repórter do que um profissional do Direito.

— Caro Dr. Ferri, que prazer encontrá-lo. Sejas bem-vindo, meu amigo. Por acaso já tens compromisso para o almoço?

— Olá, doutor, como o senhor está?

— Melhor agora, com a tua presença, e mais feliz ainda com o nosso almoço.

— Me desculpa, colega, mas tenho que voltar para a minha cidade antes do meio-dia.

— Para um pouco de trabalhar, homem, aproveita essa tua fortuna tão merecida. Podemos almoçar em um bom restaurante que fica próximo daqui — insistiu.

— Vontade não falta de ir com o nobre colega, mas tenho muito trabalho a fazer pela parte da tarde.

— Fiquei sabendo que o senhor pegou uma bomba.

— Pois é, como sabes, não é fácil a função de advogado na área criminal.

— Me diz uma coisa, entre sigilo de colegas: o rapaz matou a mulher ou não? — questionou descaradamente.

— Claro que não, meu doutor.

— Imaginei. Mas deves ter ganho uma bolada! Calculo que tenha sido uma cagada da polícia e...

A cada palavra que o homem ia falando, mais alto ficava seu tom de voz, e mais bobagens saíam de sua boca. Educadamente, Dr. Ferri interrompeu a conversa:

— Meu querido colega, desculpa, mas preciso ir. Lamento não poder almoçar contigo; não faltará oportunidade, no futuro.

— Sem dúvida que não! Grande abraço.

Apertaram-se as mãos e se despediram.

— Quem é esse advogado, Dr. Giovani?

— Não sei o nome dele, Inácio, porém, pela conversa que tivemos, não preciso te dizer que é um completo imbecil.

— Cheguei a pensar que eram grandes amigos, pelo jeito como ele lhe abraçou.

— Eu tenho uma parca lembrança de ter feito uma ou duas audiências com esse sujeito, ora que eu ia falar se o cliente que defendo é culpado! Cada um que aparece.

Seguiram o trajeto e encontraram a lancheria, sem serem importunados por mais ninguém. Pediram uma xícara de café e um misto quente cada um.

— Creio que é nosso dia de sorte, Inácio.

— Por que, chefe?

— Conheço esse desembargador que foi designado para o julgamento da liberdade do Jerison, o Napoleão Dias. Antes de ser magistrado, foi advogado de defesa, era um ótimo defensor.

— E como julgador ele tem a mesma competência?

— É muito leal, trabalhador e honestíssimo. Em casos como o nosso, acredito que solte o detento, por um motivo em que tu tiveste participação direta.

— Qual?

— Raciocina que tu vais entender. Neste pouco tempo que passamos aqui, aprendeste mais uma lição?

— Nada que o senhor já não tenha me ensinado: ser educado com os servidores, como foste com aquela senhora, e, segundo, sobre o comportamento daquele advogado...

— Este era justamente o ponto de que queria falar.

— Sobre o advogado desagradável?

— Isso mesmo, presta atenção no que vou te dizer agora: ninguém respeita um sujeito como aquele, não só pelas suas roupas, que mais pareciam as de um ator de filmes baratos, mas principalmente pela maneira como se portava.

— O senhor tem toda a razão, me impressionei com o modo de falar desse advogado, a intimidade que tentava aparentar.

— Um advogado precisa aprender a falar pouco e evitar discussões desnecessárias. Nunca, mas nunca mesmo, emita opiniões banais e vulgares como aquelas.

— O sujeito ainda te convidou para almoçar.

— Claro, havia me esquecido disso: jamais convides para uma refeição ou para outros eventos pessoas que tu não conheças, mesmo que elas sejam muito importantes. Isso o transforma em um aproveitador barato, e todos que possuem um mínimo de prestígio desvalorizam esse tipo de atitude.

A inexperiência do estagiário fazia muito bem ao outro, que adorava passar seus conselhos adiante, na esperança de auxiliar alguém.

Faltavam dez minutos para as onze horas quando os dois dirigiram-se ao quarto andar do prédio, onde ficava o gabinete do desembargador. Foram atendidos por uma secretária com cerca de trinta anos de idade, bonita e elegante:

— O senhor deve ser o Dr. Ferri? — perguntou educadamente.

— Sim, senhora, sou eu mesmo.

— O desembargador Napoleão já vai atendê-lo. Por favor, fiquem à vontade.

Em instantes, a moça os conduziu à presença do magistrado. Sua sala tinha aproximadamente quarenta metros quadrados, decorada com alguns quadros e prêmios conquistados ao longo da carreira. Na mesa, duas máquinas de escrever disputavam espaço com diversos processos e livros. Era um homem de sessenta anos, de cabelo e barba impecavelmente aparados. Vestia um terno italiano escuro com uma gravata vermelha.

— Bom dia, Dr. Ferri, prazer em revê-lo.

— O prazer é todo meu, Dr. Napoleão. Desculpa vir até aqui para importuná-lo, sei que o senhor é um homem muito ocupado.

— Que isso, doutor, não esqueças que já estive do outro lado, advoguei por muitos anos antes de ser magistrado.

— Falando nisso, tens saudade da advocacia?

— Foi uma época boa, guardo ótimas lembranças, mas, como o senhor sabe, não é uma atividade fácil.

— Era um notável advogado, tinha a admiração de todos os colegas — falava com educação, porém, sempre de maneira comedida, não querendo ser considerado um puxa-saco.

— Sinceramente, sinto um pouco de saudade, sim. Todavia, atualmente trabalho tanto que nem tenho tempo para refletir sobre isso. E, graças a Deus, sou muito realizado no que faço hoje.

— O senhor sabe que venho falar pessoalmente com magistrados quando o caso é realmente grave, pois entendo o trabalho árduo que fazem e não gosto de interrompê-los.

— Ora, meu caro, se todos os advogados se portassem assim, teríamos uma vida bem melhor — desabafou o julgador.

— É uma honra ouvir isso de um homem como o senhor! Enfim, esse rapaz que está preso é réu primário, nunca se envolveu com crime, possui residência fixa... Mas, é claro, eu não vim até aqui para falar somente isso.

— Tens minha atenção, me conta o ponto crucial para o qual desejas que eu me atente — adiantou o magistrado.

Vendo que o desembargador não tinha muito tempo a perder, ateve-se à principal tese de sua defesa. Se falhasse em seus argumentos, todo o trabalho iria por água abaixo.

— Como o senhor pôde analisar, o delegado de polícia representou pela prisão preventiva do rapaz, e o juiz a decretou, principalmente pela razão de assegurar a aplicação da lei penal, ou seja, acreditando que ele fugiria.

— Verdade. O que há de errado nisso?

— Ocorre que, um dia antes de ser preso, foi entregue seu passaporte espontaneamente, e, mesmo sabendo da possível prisão alertada por mim, ele prestou depoimento sem nem ter sido intimado de forma oficial, ciente de que corria o risco de perder sua liberdade.

Notando sua expressão de surpresa com as informações recebida, Dr. Ferri interrompeu sua fala por alguns segundos, permitindo-lhe que as assimilasse, e continuou:

— Logicamente, tudo isso que estou falando está comprovado pela documentação anexada ao habeas corpus. O sujeito que pretende fugir do distrito da culpa apenas desaparece, jamais age dessa maneira, em especial no caso desse rapaz, cuja família tem condições financeiras de custear uma eventual viagem ao exterior.

— Confesso que não esperava por essas informações. Entendo tua agonia, tendo um cliente desse nível dentro de um estabelecimento prisional que sabemos estar em péssimas condições.

Pairou um pequeno suspense no ambiente. O julgador leu uns trechos do habeas, sob o olhar atento do advogado, que, em dado momento, teve a convicção de que seria concedida a liberdade de Jerison, a julgar pela expressão do desembargador, alterando-se a cada página virada.

Napoleão interrompeu sua leitura e falou:

— Trata-se de um caso muito grave. Não vou julgar agora, mas antes do final da tarde, o teu pedido liminar será apreciado.

— Sim, senhor, te entendo perfeitamente.

Conversaram sobre mais algumas amenidades informalmente e se despediram.

Enquanto isso, o almoço era servido no presídio. Os presos sentiam que a chuva continuava a aumentar, não somente pelo barulho, mas pelas centenas de goteiras que inundavam a penitenciária. Em alguns pontos parecia que as gotas de água caíam diretamente nas celas, tamanha a precariedade da construção.

O cardápio abrangia uma sopa com pedaços de arroz grudados e, nas bordas da tigela, pequenas fatias de uma carne de porco que se confundiria facilmente com uma mortadela.

"Pelo amor de Deus", pensou Jerison em sua primeira colherada. O gosto era horrível, superava o da janta da noite anterior. Só havia uma coisa pior do que o gosto daquela comida horrorosa: o cheiro que saía dela.

Impressionou-se mais ao perceber que ninguém reclamava da comida. Suas expressões denotavam que aquele gosto era normal. "Que tipo de gente é essa? Se servirem um prato de merda, comem como se fosse uma pizza." Teve vontade de falar em voz alta, mas sabia que isso poderia lhe causar problemas.

Olhou para seu lado direito e quis vomitar quando viu Damião lambendo o resto de comida de sua tigela.

— Eu já falei para esse merda do Jonas colocar mais sal no almoço, mas até que não estava ruim, não é, piá?

— Deu para matar a fome. — Tentou disfarçar o nojo.

Acabando de almoçar, ouviram um princípio de confusão entre alguns apenados. Aparentemente, cinco presos discutiam, e um deles portava uma barra de ferro em uma das mãos.

Como num flash, movimentando-se silenciosamente, Damião surgiu no meio deles. Jerison ficou a cerca de dez metros de distância, escutando e observando a ocorrência, dominado pelo medo.

— Que parada é essa, rapaziada? — interpelou Damião. — Que porra tá acontecendo sem o patrão saber? Estão querendo me afrontar?

— Longe disso, Damião, é que esse filho da puta aí disse que a minha mulher é uma cadela que tá sempre no cio — reclamou um negro desdentado, apontando para um preso que tinha uma aranha tatuada no pescoço.

— E o resto, o que querem aqui? — perguntou, agora já vigiado por seus seguranças.

— Nada, Damião, só curiosidade — respondeu um outro detento, igualmente desdentado.

— Então saiam, se arranquem daqui! — Prontamente obedeceram, como soldados que escutam seu coronel. — Aqui vocês sabem como funciona, não fica ponto sem nó, regra é regra. Já que tão de frescura, vamos pro pátio resolver essa parada.

Sabendo que não tinham outra saída, apenas concordaram.

— E tu aí, larga essa barra de ferro, não admito covardia. Não tá vendo que o outro tá de mão limpa?

Jerison percebeu a alegria dos demais detentos, afinal, naquele ambiente, assistir a uma briga deveria ser a melhor entre as escassas opções de entretenimento.

— Puta que pariu, mas que merda, já disse que não quero chinelagem aqui, na próxima provocação barata que tiver, eu é que vou entrar na peleia, não importa o que for, aí o bicho vai pegar — falou o chefe, querendo colocar um pouco de ordem na casa.

Mesmo estando brabo, era impossível conter a alegria dos outros, e Damião sabia que não podia fazer nada em relação a isso, aliás, o que poderia fazer? Se distribuísse livros para aqueles homens, a maioria nem sequer saberia ler; se fosse falar de filosofia, ririam dele, e em poucos dias perderia todo o respeito que demorou anos para adquirir. Não tinha alternativa. Em breve, a luta começaria.

Chamou Jerison, antes de ir ao pátio:

— Fica do meu lado, garoto, não demonstres pena de ninguém, não importa o que aconteça. E procura não escolher um lado pelo qual torcer. Tá me entendendo?

— Sim, Seu Damião.

Em todos esses anos de cadeia, o veterano sabia que os presos tinham alguns aliados, por mais vagabundos que fossem. Se Jerison acabasse torcendo para alguém em uma briga, os amigos do outro pegariam implicância, e não queria mais riscos para o menino. Já simpatizava com ele.

— Não sai de perto de mim.

Com a vibração igual à de uma partida de futebol, dirigiram-se até o pátio, repleto de barro causado pela chuva, mas se molhar era o que menos importava agora, todos estavam eufóricos demais para se preocuparem com esse detalhe.

— Escutem aqui, vocês sabem das regras, não preciso lembrá-los, já que começaram com essa patifaria, agora só vai acabar quando eu mandar.

Todos o escutaram com atenção, como uma torcida apreensiva antes de um jogador de futebol cobrar um pênalti.

— E se alguém jogar faca ou algum objeto no meio da briga, é melhor já se considerar morto. Captaram a mensagem?

Com essas últimas palavras, deu a ordem para a selvageria começar.

Não fosse pela maldade daqueles homens, pareceria até uma cena de comédia: dois analfabetos em meio ao barro, prestes a brigar devido a insultos.

O tatuado media cerca de um metro e setenta, era magro e careca. O outro, que se sentia ofendido por causa da mulher, era um pouco mais alto, com uma barriga que parecia repleta de vermes; toda vez que abria a boca, suas palavras soavam incompreensíveis, não pela falta de dentes, mas sim pela falta de cérebro.

Mal Damião deu a ordem, os dois já estavam se soqueando sem nenhuma técnica. De fato, ambos tinham coragem, mas não sabiam brigar, o que tornava aquele "espetáculo" ainda mais jocoso na cabeça dos presidiários.

Depois de alguns socos, os dois já aparentavam cansaço, mas não teriam a audácia de parar com a briga, conhecedores das consequências.

No momento em que levou um soco no queixo, o tatuado caiu no chão, oportunidade na qual o pançudo chutou sua cabeça até o sangue tomar conta de seu rosto.

Era o ápice da "batalha", e os presidiários vibraram. Damião teve vontade de interromper, mas, se o fizesse, perderia sua popularidade; a vida de um sujeito como aquele não valeria colocá-la em risco.

Jerison se encontrava na primeira fila da plateia, ao lado de Damião e cercado por seus seguranças. O desdentado não parava de chutar seu oponente, que parecia estar perdendo a consciência. Enquanto o agredia, falava:

— Reage, mocinha, tá pronto pra ver o criador?

A cabeça do homem já estava repleta de sangue. Alguns amigos do preso que apanhava tentaram parar a briga, mas bastou Damião sinalizar sua reprovação para que se acomodassem.

A barbárie não tinha fim. Agora, os detentos pediam que o pançudo acabasse com a raça daquele homem. A cada gota vermelha que saía do corpo daquele sujeito, mais os presos ficavam enlouquecidos, da mesma maneira que tubarões ficam no oceano ao sentir a presença do sangue de uma presa. Iniciou-se um coro:

— Mata, mata, mata...

Damião olhou para a sua direita e se surpreendeu com a expressão de Jerison: não era de pânico, nem mesmo de piedade, mas de satisfação. "O garoto tem futuro, é do nosso mundo, tenho certeza disso", concluiu. Então o chefe aproximou-se da briga; tinha ciência da decisão que deveria tomar, não por concordar com essas confusões sem perspectiva nenhuma, mas pela necessidade de agradar seu povo.

Quando o pançudo percebeu a presença do chefe a poucos metros dele, parou com as agressões contra o homem que já estava desmaiado à beira de seus pés, a fim de ouvir o que ele tinha a falar.

— Aqui nós respeitamos a família, e esse miserável caído ao chão não fez isso. Concordam?

Todos, fosse por convicção, fosse por medo, gritaram que sim.

— Isso quer dizer que o vencedor tem direito a optar pela vida ou pela morte dele. Estou certo?

Concordaram, agora com muito mais empolgação.

— Ele é todo teu, faças bom uso — Damião falou ao vencedor.

Quanto mais o público ovacionava, mais as agressões ficavam violentas. O preso chutou a cabeça do desacordado até esfacelá-la. Passados mais alguns minutos, com todos um pouco mais calmos, Damião se aproximou ainda mais do que sobrou do corpo daquele infeliz e disse:

— Não esqueçam: nós temos princípios. Para os amigos do morto: foi uma luta justa, como viram, e isto acaba por aqui. Ninguém viu nem ouviu nada. Sabem o que acontece com qualquer dedo-duro.

Em minutos, o povo se afastou, pois a questão já estava resolvida. Amigos do tatuado foram recolher seu corpo e avisar a administração da cadeia de que o rapaz tinha batido a cabeça contra a parede — havia dias só falava em suicídio, informaram.

— Tá vendo isso, rapaz? Tens ideia do que acontece agora com o corpo? — perguntou Damião a Jerison.

— Não... Vão enterrar em algum lugar?

— Tô falando dos trâmites dessa morte.

— Acho que vai ter uma investigação.

— Claro que não, isso acontece a toda hora. Mesmo se tivesse investigação, não haveria testemunha. Ninguém se importa com presos como esse; o caso será encerrado como suicídio.

— Por que o senhor acha que isso acontece?

— Com certeza é porque a maioria da população acredita que amanhã será um dia mais seguro, perante a morte desse presidiário. Mas eles esquecem que a cada lixo como esse que morre, se criam outros dez para tomar o seu lugar.

Em mais alguns minutos, outra confusão principiava, desta vez em razão de uma dívida contraída de uma aposta, que não havia sido paga. Não teve morte, apenas alguns dentes quebrados, graças a Damião. Transcorriam assim as horas dentro daquele caldeirão.

O sol dava seus últimos sinais no mesmo instante em que Dr. Ferri acabava de atender seu último cliente. Tratava-se de um pai que havia perdido seu único filho em um acidente de trânsito dois anos antes, vítima de um motorista embriagado que invadiu a calçada onde estava o jovem, indo para a faculdade.

No instante em que se despedia, sua secretária atendeu um telefonema do Tribunal de Justiça, da assessoria do desembargador Napoleão.

— Boa tarde, ou melhor, boa noite, gostaria de falar com o advogado Giovani Ferri sobre uma decisão que acabou de ser proferida.

— Um segundo, por favor, vou chamá-lo.

— Pois não, a que devo essa honra? — atendeu gentilmente o defensor.

— Olá, Dr. Ferri. Normalmente avisamos apenas o estabelecimento carcerário e o juiz de primeiro grau sobre as decisões de habeas corpus, porém, o desembargador pediu que eu o intimasse por telefone acerca da decisão liminar.

— Muito obrigado pela distinção.

— Então, posso ler somente a parte final para o senhor, ou gostaria que eu lesse as cinco páginas da decisão?

Notando claramente a intenção da assessora de simplificar seu trabalho, prontamente respondeu:

— Ora, já é muita gentileza a senhora ter me ligado, por isso não vou abusar de tamanha educação. Por favor, leia apenas a parte final.

— Ok, obrigada pela compreensão, esta é a minha última tarefa do dia.

"Destaca-se também que um dos motivos ensejadores da prisão preventiva ora discutida foi o risco da não aplicação da lei penal, uma vez que o paciente poderia fugir do distrito da culpa.

Ora, essa situação não tem o menor sentido, por duas principais razões. Explico:

1. Um dia antes de ser preso, em vez de prender em fuga, o paciente entregou espontaneamente seu passaporte para a autoridade policial, através de seu defensor;

2. No dia em que foi preso, em vez de prender em fuga, o paciente apresentou-se espontaneamente com seu advogado para dar depoimento, mesmo alertado por ele de que poderia ter contra si uma ordem de prisão.

Assim sendo, denota-se que esse motivo, um dos principais ensejadores do cerceamento da liberdade, não subsiste. Ante o exposto, concedo o pedido liminar de liberdade em favor de Jerison Andrade, devendo o paciente se apresentar mensalmente ao juízo de origem para que informe suas atividades, não podendo se ausentar da comarca por mais de oito dias sem autorização judicial."

Quando a assessora terminou a leitura da decisão, Dr. Giovani fez um esforço tremendo para não comemorar o que tinha acabado de ouvir. Precisava manter a discrição, até mesmo para não perder o respeito.

— Compreendido, Dr. Ferri, precisa de mais alguma informação? — questionou a servidora.

— Apenas gostaria de agradecer a gentileza da senhora, principalmente pelo adiantado da hora. Uma boa-noite, manda lembranças ao desembargador Napoleão.

Desligou o telefone e notou a apreensão de Inácio, que já deveria estar na faculdade, mas se atrasou de propósito, à espera do resultado.

— Fala, doutor, conta logo o que decidiram.

— Na mosca: deferiu a liberdade, pelo motivo que apontamos.

— Que maravilha! — comemorou o estagiário.

— E tu tiveste participação direta nessa decisão. Estás de parabéns. Vamos sair para jantar e comemorar essa vitória?

— Gostaria muito, doutor, mas já perdi a aula ontem, preciso ir para a faculdade. O senhor não fica chateado se eu recusar o convite?

— Lógico que não, te convidei sem pensar nesse detalhe. Inclusive já estás atrasado, portanto, vais logo, já deve ter começado.

Ouvindo isso, Inácio pegou sua pasta e saiu rapidamente do escritório, rumo à universidade.

Observando o que se passava e o cansaço de seu chefe, que havia horas não comia nada, a secretária lhe levou uma xícara de café expresso e um sanduíche encomendado na lanchonete da esquina.

— O que seria da minha vida se não fosse pela senhora? Muito obrigado.

— É um prazer trabalhar com um homem como o senhor.

— Me diz uma coisa, mas fala sinceramente: o que achas de eu empregar o Inácio depois que ele se formar?

— A decisão cabe ao senhor, mas eu gostaria. Além de esforçado, ele é também uma boa pessoa. Isso só descobriremos com o tempo, quando ele começar a ganhar fama e dinheiro.

— Por que falas isso? — perguntou, curioso.

— Eu não tenho muito estudo, mas tenho vivência nesse meio, me recordo de dezenas de estudantes de Direito que subiram na vida, e muitos se transformaram em pessoas totalmente diferentes depois de conquistarem seus objetivos. Para alguns, o dinheiro não foi uma bênção, mas sim um verdadeiro veneno.

— Tens toda a razão.

— Inácio conta com uma grande virtude: a dedicação. Durante a semana, vocês trabalharam muito, e hoje saíram da cama de madrugada. Agora, ele foi correndo para a faculdade, onde vai ter aula até tarde da noite, sendo que, amanhã cedo, já estará aqui novamente.

— A inteligência e a força de vontade do garoto são as características que mais me impressionam. Mas eu gostaria que sua lealdade fosse do mesmo tamanho; é cedo demais para saber. A história mostra que os discípulos que traíram seus mestres, antes, foram seus melhores amigos.

— É um risco que teremos que correr — finalizou a secretária.

Em poucos instantes, Inácio entrava na metade da aula de Direito Comercial. O professor era um homem de meia-idade que não teve sucesso na advocacia, por conta disso limitou-se a dar aulas medíocres. Seu fracasso profissional o transformou em um ser humano azedo, e seu recalque ia aumentando na medida em que observava o sucesso de seus antigos colegas e de alguns de seus ex-alunos.

— Mais uma vez atrasado, Inácio, não esqueças que ainda não és advogado, precisas frequentar a faculdade — debochou, na presença dos estudantes.

— Desculpa o atraso, professor, estou trabalhando desde as cinco horas da manhã.

— Isso não me interessa, minha aula começa às sete da noite, e já são mais de oito horas.

— Caro professor, já pedi desculpa, não quero ser mal-educado com o senhor.

— Aqui tu escutas, e eu falo, guri. Não te atrases mais.

Inácio contou até dez para conter a raiva. Sim, deveria evitar discussões desnecessárias, mormente com um sujeito fracassado como aquele, mas foi impossível se conter:

— Sabes por que eu cheguei atrasado, professor?

— Não sei nem quero saber — replicou, levantando a voz.

— Queres, sim, e acho que é de interesse de todos que pretendem subir na vida. Eu cheguei atrasado porque estava trabalhando com um advogado bem-sucedido. Mas o que interessa é que faço isso para não me tornar um incompetente, porque quando tiver meu próprio escritório, não quero fechá-lo por falta de clientes.

Fez-se o silêncio na sala de aula. Todos entenderam o recado dado ao professor, que havia anos encerrara a advocacia pela falta de clientela.

Ele não teve coragem de prosseguir, decerto pelo medo de ser ainda mais humilhado, pois os fatos apontados pelo aluno eram totalmente verdadeiros. Então continuou a ler artigos do Código Comercial para os acadêmicos, enganando-se de que esta era uma boa metodologia de ensino.

— Não posso acreditar nisso! — Jonas gritou ao desligar o telefone.

— Calma, diretor, o que houve? — perguntou um agente penitenciário, pensando que foram descobertos por alguma falcatrua.

— Puta que pariu, o que eu fiz para merecer isso?

— Mas o que houve, diretor? Me diz o que aconteceu!

— A porra do tribunal decidiu soltar o Jerison. Que diabos de Justiça é essa?

— É só esse o motivo da tua fúria? Eu já estava esperando o pior.

— Como pior, seu idiota? Tem coisa mais deprimente do que deixar de ganhar uma mesadinha por semana sem fazer nada?

— Ah! Entendi.

— O garoto é a galinha dos ovos de ouro, só que agora não vai estar mais aqui com a gente. Que merda. Vai lá chamá-lo.

— Queres que eu o solte já?

— Claro que não, seu imbecil, preciso falar com ele antes.

O puxa-saco e mais outro agente da quadrilha do diretor se dirigiram à única porta que dava entrada ao pavilhão oeste. Transmitiram o recado aos presos de que Jonas precisava falar com o novato.

Em poucos instantes Jerison recebeu o comunicado, momento em que estava na cela conversando com Damião sobre as mazelas do país. O garoto falava de um livro que havia ganhado de presente de seu avô ao completar dezesseis anos, chamado "A Arte da Guerra".

— Chefe, o diretor quer conversar com o Jerison — falou o preso encarregado de ser o porta-voz de recados.

— Mas que droga ele quer com o guri? — reclamou Damião.

— Eu perguntei ao agente, me falou que era assunto pessoal.

Bastaram essas curtas palavras para o medo tomar conta do recém--chegado, crente de que o desgraçado iria lhe transferir de pavilhão para extorquir mais dinheiro do que o acordado na noite anterior.

— O que esse filho da puta tá pensando? Aqui quem manda sou eu. Avisa ele que eu vou junto.

— Se preferir, nós todos iremos, chefe; eles vão ter que abrir as grades, aí a gente invade. Tá na hora de matar aquele desgraçado do Jonas — sugeriu um dos seus seguranças, que ouvira a conversa, sendo apoiado pelos demais presos.

— Calma, pessoal, tudo na sua devida hora. Diz que eu e o garoto já estamos indo.

— O que será que ele quer comigo, Damião? — questionou Jerison, ainda amedrontado.

— Não sei, mas imagino que envolva te assustar para arrancar dinheiro da tua família. Não importa o que ele for falar, aparenta coragem, senão vais ser extorquido pelo tempo em que permaneceres aqui.

Os dois caminharam ao local que dividia o pavilhão do setor administrativo do presídio. Os agentes que patrulhavam o portão nunca buscavam confusão: pelo mísero salário que recebiam, não valia a pena.

— E aí, Damião. Tudo certo, camarada? — perguntou um dos agentes, visivelmente assustado com sua presença.

— Claro que não está tudo certo. O que o Jonas quer com o garoto?

— Não sabemos, apenas nos deu a ordem de chamá-lo. Dois dos puxa-sacos do Jonas estiveram aqui e nos falaram isso, deram no pé e não apareceram mais.

— Beleza, mas eu vou junto, avisa ele — falou como se fosse o verdadeiro gerente daquele estabelecimento.

— É pra já. — Saiu em direção à administração do presídio, acatando a ordem do chefe do pavilhão.

Demorou cerca de dez minutos para que o agente retornasse com apenas um dos guardas que transmitiu o recado. Era um sujeito com cerca de cinquenta anos, uma barriga saliente e um pescoço arredondado. Tinha aspecto de alcoólatra e era conhecido pela sua fama de corrupto e mesquinho.

— O que tu queres, Damião? O diretor foi claro, a vontade dele é conversar sozinho com o Jerison. Tu não foste chamado, então volta para a tua cela.

— Eu é que estou sendo claro, seu merda, o jovem vai até lá na minha presença. Aliás, como andas o viado do teu irmão? Não te lembras que fui eu quem não deixou que o matassem, poucos meses atrás, por dívidas com agiotas? Queres que eu mude de ideia, porra?

— Tá bom, abram as grades, deixem os dois passarem.

Abalado, o porta-voz do diretor acompanhou os dois à sala de Jonas, que foi pego de surpresa pela companhia do criminoso.

— Que merda é essa? Eu não te chamei aqui, Damião — disse, perplexo.

— O garoto é da minha família agora, se começar de chinelagem, vais estar atacando os meus, aí iniciaremos uma guerra, e tu tens muito mais a perder do que eu.

— Quem pensas que és para me ameaçar?!

— Eu não estou te ameaçando, apenas avisando que, se começar de frescura, tu e toda a tua família vão morrer. Entendeste, seu bosta? Aliás, se algo estranho acontecer, já deixa encomendado o teu pijama de madeira.

— Mas o que é isso? Estás ameaçando de morte um agente do governo. Poderia te prender por isso.

— Eu já tô preso, ô boçal. — Entre gargalhadas, complementou: — Tu não és um agente do governo, és um corrupto de merda! Aqui de dentro posso mandar te matar, matar toda a tua família num piscar de olhos, seu porco escroto.

Jonas havia perdido o respeito, e, ao seu lado o agente estava boquiaberto com a situação. As ameaças poderiam, sim, serem concretizadas. Por isso, o agente tentou encontrar um meio amigável de terminar com aquilo:

— Calma, senhores, os dois são homens de negócios, não deixem a raiva atrapalhá-los, nossa parceria é ótima para ambos, portanto, vamos conversar como gente civilizada.

— Tá bom — disse Jonas, derrotado, sabendo que não conseguiria extorquir Jerison dessa vez.

— Então, o que tu queres?

— Confesso que não te entendi dessa vez, Damião, por que tanta agressividade? Apenas mandei chamar o teu protegido para avisar que ele vai ser solto — tentou esconder o seu propósito de ganhar dinheiro fácil.

— Como assim? — questionou Jerison, surpreso.

— Seu advogado conseguiu uma liminar em habeas corpus no Tribunal de Justiça, ou seja, tu podes sair daqui direto para casa. Era só isso que eu gostaria de te avisar, inclusive podes usar o telefone para chamar um familiar para vir te buscar.

Dito isso, Jerison e Damião comemoraram e trocaram um abraço. No fundo, o chefe dos presos ficou desapontado, de certo modo; gostava das conversas com o seu novo companheiro.

— Onde posso dar o telefonema?

— Usa o meu telefone pessoal, mas seja rápido. — Apontou para uma pequena mesa situada ao fundo da sala.

Em vez de ligar para sua família, discou para Antero, que, surpreso com a notícia, lhe garantiu chegar ao presídio em poucos minutos.

— Espero ter superado esse mal-entendido, meu amigo, queria apenas dar uma boa notícia — reforçou Jonas, com medo de ter começado uma guerra.

— Estamos entendidos. Só quero falar uns minutos a sós com o garoto — exigiu Damião.

— Por que não? Ainda somos amigos. Ocupem a minha sala, vou jantar na cantina.

Jonas e o outro agente saíram depressa, irritados pois aquela não tinha sido uma noite para comemorar: foram humilhados por um preso, e, pior, deixaram de garantir uma mesada semanal por causa da decisão de um desembargador.

Quando Jerison ia começar a falar, Damião lhe fez um sinal de silêncio, e, antes de iniciar a conversa, vasculhou o gabinete para ver se não havia nenhum aparelho ligado que estivesse gravando o diálogo.

Não achando nada, falou:

— Viste, garoto, nunca demonstres medo. Ele iria te roubar mesmo com a decisão de liberdade. Jamais confies nesse lixo.

— Não tenho palavras para te agradecer, meu amigo. Há algo que eu possa fazer para te ajudar?

— Sou um homem de palavra, diga ao Dr. Ferri que te protegi e que ele sempre pode contar comigo.

— Sem dúvida que vou falar, mas como eu posso retribuir tudo o que fizeste por mim?

— As visitas acontecem todas as quintas, vem me ver, e não te esqueças de trazer aquele livro de que me falaste; agora não lembro o nome.

— "A Arte da Guerra"?

— Esse mesmo, me traz um exemplar.

— Trago quantos tu quiseres!

O criminoso sorriu, lhe desejando boa sorte. Trocaram um aperto de mão e se despediram.

Ainda dentro do presídio, Jerison olhou para seu pulso esquerdo, de modo a conferir que horas eram, e se deu conta de que seu relógio havia sido roubado pelo diretor. Sentiu uma raiva enorme brotar dentro de si; teve vontade de reclamar, mas achou melhor ficar quieto e preparar uma vingança com mais tempo do lado de fora.

Na porta de saída, um relógio de parede pendurado no lado direito da sala marcava vinte horas e quarenta minutos. Mal dava para acreditar que passara apenas um dia naquele Inferno; pareceu uma eternidade. "Meu advogado merece a fama que tem", pensou.

Saiu e pôde sentir o cheiro da liberdade no vento que soprava. Quando deu os primeiros e lentos passos fora da cadeia, viu seu fiel amigo aguardando-o escorado no seu carro, fumando um cigarro.

— O que estás esperando? Vamos embora de uma vez, ou gostaste dessa imundícia? — gritou Antero.

Jerison sentiu uma pontada de felicidade. O mesmo ser humano que o esperava em frente à sua casa para brincarem de carrinho de mão nos primeiros anos do colégio, agora o aguardava para comemorar sua liberdade.

— E aí, me conta como foi ficar preso por um dia nesse lugar fedorento.

— Foi a experiência mais diferente que tive em toda a minha vida, conheci um mundo que nunca pensei que pudesse existir.

— E agora, o que vamos fazer?

— Preciso de um banho e de roupas limpas, depois, de um bom restaurante para comermos e, mais tarde, brindarmos a minha liberdade com muita cerveja — falou Jerison, já com o cigarro do amigo entre seus dedos.

Eram sete horas da manhã. Joaquim, como de praxe, chegava para mais um dia de trabalho no frigorífico em que estava empregado havia décadas. Desde a morte de sua irmã não aparecia sorrindo no trabalho:

— Bom dia, meu jovem, como estás? — cumprimentou-o o porteiro.

— Tudo bem, Joaquim, e contigo?

— Estou ótimo agora que a justiça foi feita e aquele filho da mãe está na cadeia. O delegado me disse que ele será condenado, e vai ficar preso no mínimo pelos próximos vinte anos em uma cadeia imunda. Duvido que esse psicopata saia de lá vivo.

Considerando a felicidade daquele pobre homem, o porteiro não teve coragem de tocar no assunto, fazendo questão de colocar o jornal dentro da única gaveta de sua pequena mesa.

Antes de começar a pegar no batente, passou no pequeno refeitório e se serviu de uma xícara de café preto e um pedaço de pão com manteiga. Quando estava terminando o desjejum, dois dos seus colegas mais antigos sentaram-se ao seu lado, com a expressão de que algo muito grave tinha acontecido:

— O que foi, rapazes? Que caras são essas? — inquiriu, ainda preservando seu bom humor.

— Não sei como te falar isso... Olha, o desgraçado do assassino da tua irmã foi solto ontem, no calar da noite.

— O quê? Que brincadeira de mal gosto é essa?! Não venham fazer piada com uma coisa tão séria!

— Nós jamais brincaríamos com isso, Joaquim, somos colegas e amigos há muitos anos — pronunciou-se o outro com total constrangimento.

— Isso não pode ser verdade, o delegado me *garantiu* que ele ficaria preso por décadas.

— Não sei como aconteceu, é muito revoltante, mas, infelizmente, é verdade. — Entregou-lhe um exemplar do jornal que estampava a matéria sobre Jerison em sua capa.

— Oh, meu Deus, e agora? Pobre do meu pai e do meu sobrinho, preciso fazer algo, isso não pode ficar assim! — Não conteve as lágrimas ao ler a reportagem.

"Durou exatas vinte e quatro horas a prisão do suspeito Jerison Andrade, mesmo com diversas provas apontando-o como autor do assassinato da dona de casa Aurélia, que levava janta para o filho, o qual, dentro de poucos dias, começaria sua vida escolar.

A notícia da liberdade relâmpago do único suspeito do crime, proferida pelo desembargador Napoleão Dias, causou enorme comoção na comunidade. 'No Brasil, somente os pobres ficam na cadeia', disse um dos manifestantes, que não quis se identificar.

O delegado Rodolfo, responsável pelo caso, não escondeu sua inconformidade e indignação com o ocorrido: 'Respeitamos a decisão, mas é impossível concordarmos com ela. Trata-se de um caso bárbaro em que um dependente químico, nascido em uma família abastada, matou uma pobre inocente para saciar seu vício. São notícias como esta que desiludem não somente a população, mas também a polícia. Há um problema de impunidade neste país'.

Advogado que conseguiu tal façanha em favor do seu cliente, o conhecido criminalista Dr. Giovani Ferri limitou-se a dizer que Andrade é inocente, e, segundo ele, isto será provado no decorrer do processo.

A família da vítima não foi encontrada até o fechamento desta edição."

Joaquim não aguentou a fúria: rasgou o jornal como se este fosse o culpado de tudo. Teve de ser conformado por seus amigos.

Precisou-se de um tempo considerável para acalmá-lo, ou melhor, segurá-lo. Somente foi contido depois que seu patrão chegou e ordenou que os homens o soltassem. Conversaram por alguns minutos, e seu chefe o liberou para ir ao encontro de sua família.

Em casa, visualizou o espanto da mulher e dos três filhos, que já sabiam da má notícia. Estavam mudos e não se moviam, ao menos não até o pai se dirigir à gaveta onde guardava seu revólver.

— Por favor, Joaquim, não faças isso, não estragues as nossas vidas –pediu desesperadamente a sua esposa.

Era o momento mais crítico para aquela família desde que receberam a notícia da morte de Aurélia. Passaram a ser cinco pessoas desnorteadas dentro de uma pequena casa, que não conseguiam mais entender o significado da palavra "justiça".

— Pai, ao menos fala com o vô, ele há pouco nos ligou dizendo que estava vindo pra cá junto ao tio Manoel — argumentou o filho mais velho.

— Como isso pôde acontecer? O maldito decerto subornou alguém. Ele pode ter escapado da prisão, mas não vai se livrar de um caixão.

Logo após surgiram os dois, ambos com a expressão que acompanha somente os homens que se sentem desamparados pela Justiça.

— Olá, crianças. Por favor, nos deixam conversar a sós — disse seu Armando, olhando para os três netos.

De imediato, a esposa de Joaquim pegou seus filhos e deu um jeito de levá-los para fora de casa, pois sabia que nada tinha a fazer e o que menos desejava era que eles ouvissem aquela conversa.

— Eu tinha certeza de que isso ia acontecer, sabia que deveríamos ter matado esse maldito — esbravejou Manoel, mostrando um revólver calibre trinta e dois que carregava na cintura.

— O que estamos esperando? — concordou Joaquim, portando uma arma similar.

— Acalmem-se, rapazes, entendo a indignação de vocês, mas nós concordamos em matá-lo somente se ele fosse absolvido. O homem nem sequer foi julgado.

— Pai, deixa de ser ingênuo, esqueceste como funcionam as leis aqui no Brasil? — questionou Manoel.

No meio da discussão, a porta da frente se abriu. Era João Hamilton, que chegava com os olhos repletos de lágrimas:

— Me digam agora, o que eu faço? Não tenho coragem de falar para o meu filho, imaginem o que uma notícia dessas vai fazer na cabeça de uma criança. — Desatou a chorar.

— Creio que já tenho a tua resposta, cunhado — disse Manoel com o revólver em punho.

— Pelo amor de Deus, não criei filhos para que fossem parar em uma cadeia!

— Certamente que iremos parar lá se fizermos algo, diferente do riquinho, pois gente como ele, neste país de merda, não fica sequer um dia preso. Aqui, a lei só funciona contra pobre.

Para o desespero de Seu Armando, Manoel estava certo. Todos que ali se encontravam haviam perdido a esperança perante essa decisão.

— Me escutem, ainda tenho fé em Deus, não nessa Justiça porca, por isso, o que acham de contratarmos um advogado para acompanhar o caso? Vamos fazer de tudo para colocá-lo de volta na cadeia.

Mesmo contrariados, os três escutaram o velho. Ele, sem dúvida, era a pessoa que mais respeitavam neste planeta.

— Quem iremos contratar? — perguntou João Hamilton.

— Eu não conheço nenhum advogado — disse Manoel.

— Lá no frigorífico, um colega perdeu o pai, parece que foi vítima de um assalto. Ele teve um advogado, bem bom, imagino, pois o vagabundo foi condenado. O que vocês acham? — propôs Joaquim.

— Acho que não temos outro nome. Consegue descobrir quem é esse aí e marcar um horário com urgência?

— Vou ter que dar um jeito, pai, farei isso agora.

Acabava de falar isso quando percebeu que poderiam não ter dinheiro para contratá-lo, todavia, não teve coragem de tocar nesse assunto naquele momento.

Depois de alguns telefonemas, conseguiu marcar um horário às dez horas e trinta minutos daquela mesma manhã com o tal de Dr. Clóvis. Ele dissera que estava com a agenda cheia, mas abriria uma exceção diante da gravidade do caso.

O endereço não era muito distante dali, tinham um pouco mais de uma hora para chegar ao escritório. Resolveram primeiro passar na delegacia de polícia, a fim de entender o ocorrido.

Esperaram mais de meia hora. Um escrivão mal-humorado disse que o delegado estava prestes a chegar, mas não chegou. Com medo de perderem o horário, foram embora sem receber orientação.

— Garanto que se nós fossemos ricos, teríamos sido atendidos — falou o viúvo.

Já no escritório do advogado, impressionaram-se com a simplicidade do lugar. Localizava-se em uma pequena sala no térreo de um edifício antigo de seis andares, próximo ao centro da cidade. Tinha uma pequena recepção, afora a sala do profissional; dividiam-se por um velho compensado, desta forma, a estrutura possibilitava aos clientes que estavam aguardando escutar toda a conversa dos que consultavam com o defensor.

Não havia nenhuma espécie de secretária, portanto, esperaram no hall até serem recebidos pelo advogado, o que aconteceu no momento em que ele se despediu do cliente que atendia. Era um homem careca na casa dos cinquenta. Vestia um terno surrado e uma gravata quase que descolorida. Seus dentes eram amarelados, fruto da mistura do excesso de café com dois maços de cigarro por dia, sem mencionar as garrafas de uísque que consumia por mês. Mas nada disso foi notado pelos novos clientes, importava mais sua habilidade como profissional do Direito.

— Bom dia, senhores, sejam bem-vindos ao meu humilde, mas competente, escritório — promoveu-se.

— Bom dia, doutor, obrigado por nos receber — adiantou-se o mais velho, falando em nome dos demais.

— Pois é, em anos de carreira, nunca deixei de atender uma única pessoa. Foi uma briga desmarcar os outros clientes para encaixar vocês. Como podem ver, sou um homem muito ocupado. — Indicou uma meia dúzia de processos em cima de sua mesa.

— Agradecemos pela consideração — disse, ingenuamente, um dos irmãos.

— Então, como posso ajudá-los?

— Conforme meu cunhado te adiantaste por telefone, mataram a minha esposa, e o desgraçado que fez isso mal ficou um dia preso e já foi solto.

— Que horror, uma grande injustiça! Pena que eu ainda não estava no caso, nunca teria permitido que isso acontecesse.

— É verdade, foi uma pena mesmo não termos contratado um profissional desde o início. Nunca tínhamos lidado com isso, aliás, jamais havia entrado em uma delegacia antes de matarem a minha filha.

Vislumbrando a sinceridade e o sofrimento daquela gente, teve certeza de que seria contratado. "Nem sequer sabem do meu passado", pensava Clóvis.

— O problema é que somos pessoas pobres. Quanto o serviço do senhor custará? — perguntou João Hamilton.

Antes de dar seu preço, pegou uma caneta e rabiscou, sem o menor sentido, um calendário do ano anterior.

— Vejam bem, por esse tipo de causa cobro no mínimo vinte e cinco mil cruzados, mas posso fazer um desconto, por serem uma gente simples.

— Não quero botar preço no teu trabalho, Dr. Clóvis, mas não temos todo esse dinheiro — informou Manoel.

— Bom, posso fazer por um pouco menos da metade do preço, desde de que complementem com algum objeto de valor. Uma geladeira ou uma televisão, por exemplo.

— Como assim? — questionou Seu Armando, atônito.

— Simples: vocês me entregam um desses aparelhos, em bom estado de conservação, e mais dez mil cruzados. Fechado?

— Esse valor nós podemos parcelar? Não conseguiremos tudo de uma vez só, precisaríamos de um bom tempo para juntar essa quantia. Somos trabalhadores, precisamos ser honestos com o senhor — argumentou, mais uma vez, Seu Armando

— É disso que eu gosto, honestidade. Essa palavra vale ouro — elogiou o advogado.

— Podemos dividir em quantas vezes? A televisão eu tiro da minha casa e te trago ainda hoje — falou Joaquim.

— Posso fazer o seguinte: hoje vocês me entregam a televisão e uma entrada de quatro mil cruzados, mais seis parcelas de mil cruzados a cada trinta dias.

Depois de alguns segundos pensando, João Hamilton adiantou-se:

— Eu consigo mil cruzados, saco hoje da minha conta poupança, será que vocês conseguem o resto?

— Temos que dar um jeito. Contribuo com mais quinhentos cruzados. Se faltar algum valor, pedimos emprestado para os amigos — sugeriu Manoel.

— Estou contratado?

— O senhor nos garante que vai colocar aquele traste na cadeia? — quis saber João.

— Claro que sim, sou um advogado que não perde causa nenhuma.

Combinaram que até as duas horas da tarde voltariam com a televisão e mais quatro mil cruzados. Ao saírem, o advogado perguntou:

— Mais uma coisa, meus caros: a televisão é a cores ou preta e branca?

— É a cores, foi o presente de Natal que dei aos meus filhos.

— Ótimo, negócio fechado. — Nem disfarçava sua satisfação.

Segundo acertado, no início da tarde entregaram a televisão e a quantia de quatro mil cruzados ao advogado. O segundo atendimento não durou mais que dez minutos; alegava que tinha muito trabalho a fazer para correr atrás do tempo perdido.

Após, os familiares da vítima foram embora e se dispersaram entre o trabalho e os cuidados com suas respectivas famílias, enquanto Dr. Clóvis convidou um parceiro para beber até tarde da noite, comemorando o dinheiro ganho.

E, assim, tentavam se convencer sobre a existência da justiça dos homens.

AGOSTO DE 1986

O relógio marcava sete horas da manhã quando Lorenzo, de novo, despertava sua mãe aos prantos. Era a quarta vez que Alicia acordava com os gritos da criança naquela noite. "Isso não é possível, o que vou fazer?", pensou.

O cansaço era tão forte que teve vontade de deixar seu filho no berço, que ficava ao lado de sua cama, porém, quanto mais demorava para pegá-lo no colo, mais alto passava a ser o som de seu choro. Foi rendida novamente pela vontade do bebê.

Em minutos, pôde notar que seu pai também tinha despertado, eis que começou a ouvir seus passos. Salvo a choradeira do filho, este era o único barulho produzido na casa, pois Josué continuava a não cumprimentá-la, apesar de viverem somente eles naquele espaço desde o falecimento de sua avó.

Deixou passar alguns instantes para que ele tivesse tempo de tomar seu café da manhã e ir trabalhar. Depois disso, levantou-se para arrumar as camas e preparar o banho da criança, que nem sequer tinha completado um ano de idade.

Seu pai não lhe dirigia a palavra desde a notícia de sua gravidez. O máximo que saía da boca dele eram perguntas sobre o troco de pequenas quantias de dinheiro que deixava uma vez por semana em uma gaveta, para ela fazer as compras da casa. Em relação ao neto, nunca foi capaz de encará-lo, quem dera lhe dizer alguma frase.

Alicia estava apenas sobrevivendo, com a morte de Dona Ieda. Em razão da pouca idade do filho e da falta de um lugar para deixá-lo durante o dia, era impossível procurar emprego ou retomar seus estudos. "Em que diabos minha vida se transformou?!", reclamava consigo mesma.

Aquele dia passou como os demais, ficou todo o tempo em casa cuidando da criança, escutando o rádio ou vendo um programa na televisão preta e branca que tinha um único canal disponível.

Suas amigas raramente a visitavam, umas por terem vergonha de ela ter um filho sem saber quem o gerou, outras por terem medo de seu pai, um homem que, com o passar do tempo, ficou mais conhecido por suas bebedeiras do que pela traição sofrida anos antes.

Naquela noite, Josué chegou à casa por volta das vinte e duas horas, com a mão engraxada pelo seu serviço de mecânico e enxaguado de tanta cachaça. Ao ver sua filha assistindo à televisão na sala na companhia da criança, limitou-se a chamá-la de puta e foi direto dormir.

Alicia, sem reação, chorou a abraçou seu bebê.

No outro dia, a rotina se repetiu: esperou seu pai sair de casa para preparar o banho do filho e fazer uma refeição em paz.

Um pouco antes do almoço, não sabia mais o que tentar, Lorenzo chorava desesperado. Desconfiada, mediu a temperatura do menino e viu que ele ardia em febre.

Revirou os armários de seu pai, precisava encontrar um pouco de dinheiro para pagar um táxi até um hospital público. Lá fora fazia muito frio, estava no auge do inverno.

Procurou por toda a casa, inclusive em meio às garrafas de cachaça que ele escondia em um roupeiro. Não encontrou o suficiente nem para uma passagem de ônibus.

Não tinha opção, uma pessoa a quem recorrer, por isso foi caminhando em direção à oficina mecânica de seu pai, que não ficava muito distante dali. Teria de pedir ajuda a ele; o homem não deixaria de socorrer o neto nessas circunstâncias. "Seria crueldade demais", pensou.

Para piorar a situação, uma fina chuva começou a cair durante o percurso. Tirou o casaco que usava e cobriu a criança, não poderia permitir que ela se molhasse, a febre dava a impressão de ter aumentado.

A sensação de frio logo foi substituída pela preocupação crescente; chegou a pensar que perderia seu filho. Em um determinado momento, refletiu que talvez fosse melhor para os dois se ele morresse, mas de imediato se culpou por essa ideia ter passado em sua cabeça.

Andou por mais alguns minutos e teve a visão da oficina mecânica, localizada em uma antiga casa, que havia sido uma creche para crianças desamparadas na década de cinquenta. Rezava a lenda que a proprietária vendia menores para estrangeiros, até que foi morta em uma de suas viagens criminosas, porém, seu corpo nunca apareceu. Com tantos boatos negativos, seus filhos acabaram por vender o imóvel. Os poucos que ainda se lembravam da história afirmavam que o local tinha uma energia pesada.

Atualmente, mais da metade da casa, na parte frontal, servia de garagem a Josué. Era onde guardava os carros dos escassos clientes que lhe restavam. Ao lado havia um pequeno escritório com um banheiro imundo, e, nos fundos, um quarto mal-arrumado com poucas mobílias.

Nos últimos metros antes de alcançar o portão de entrada, a chuva passou a cair mais forte, obrigando Alicia a apertar seus passos. Entrou pela garagem e estranhou não ter ninguém por ali. Dois veículos, ambos com o capô aberto, junto a ferramentas jogadas ao chão entre eles, davam a nítida impressão de que alguém estava trabalhando para consertá-los não fazia muito tempo.

"E agora, o que faço?" Não tinha dinheiro, a oficina nem sequer dispunha de um telefone para chamar uma ambulância, não conhecia nenhum vizinho da redondeza e seu filho continuava a arder em febre.

O hospital se situava a quatro quilômetros de distância. Já encorajada a ir caminhando até lá, mesmo com a chuva, ouviu um barulho vindo dos fundos. Temerosa, sabia que não teria jeito: para o bebê, a melhor opção não era ser exposto à chuva, assim, ela precisava falar com seu pai; certamente era ele quem estava lá. "Deve estar deitado, curando-se de outra ressaca."

Com o filho no colo, entrou na sala do escritório que dava acesso ao cômodo, e quanto mais se aproximava, mais ouvia sons vindos dali. Pôde identificar gemidos e suspiros. "Se ele tem uma namorada, por que nunca me contou?"

Deu mais alguns passos. Agora, somente a porta do quarto os separava. Escutava ainda mais alto aqueles sons ofegantes. Relutante, permaneceu imóvel. Seu pai estava transando com alguém, afinal, mas a doença do filho pesava mais. Entraria ou não?

Lorenzo resolveu por ela, chorando alto. Alicia não teve alternativa senão abrir a porta, ou seu pai acharia que ela o estava espionando — seu relacionamento, que já era péssimo, se tornaria crítico.

— Meu Deus! — falou Alicia, não podendo conter a surpresa.

— O que tu fazes aqui, sua puta? — perguntou Josué.

— Ainda tem a cara de pau de dizer que *eu* é que sou a puta.

— Some daqui!

— Claro que sumo, vim porque teu neto está doente, e eu não tenho dinheiro para levá-lo a um hospital.

— Isso não é problema meu — esbravejou.

— Óbvio que não, agora eu sei qual é o teu problema.

Antes de sair daquele lugar, teve a esperteza de abrir a única gaveta em uma mesa do escritório e pegar todo o dinheiro que havia nela. Não era muito, mas poderia ir ao hospital e comprar os remédios que fossem receitados. "Melhor eu gastar com a saúde do meu filho, do que ele gastar em cachaça", pensou, sem sentir a mínima culpa. Aliás, ficou feliz por furtar de seu pai.

Saiu correndo e andou por algumas quadras a passos rápidos até avistar um táxi e se dirigir ao hospital público.

Demorou mais um tempo para ser atendida, e a levaram para um quarto, onde outras três mulheres estavam com os filhos doentes, devidamente acompanhadas por seus maridos. Vendo o estado de nervosismo de Alicia, uma delas puxou conversa:

— Nossa, o que houve com a criança? — perguntou.

— O doutor disse que ele está com quase quarenta graus de febre.

— É tão pequenininho, que idade ele tem?

— Não fez um ano ainda... Espero que ele fique bem.

— Vai ficar, sim, não te preocupes. E o pai, onde está?

— Deve estar chegando, ele trabalha em outra cidade — mentiu para disfarçar sua vergonha.

— Que bom, se precisares de alguma ajuda, me avisa. Meu marido vai ficar aqui por mais uma hora.

— Tu poderias me emprestar uma caneta e um pedaço de papel?

— Claro que sim.

— Posso te pedir mais um favor? Não quero incomodar...

— Pede, não é incômodo nenhum. O que precisas?

— Meu pai não tem telefone, posso pedir para teu marido entregar uma carta para ele? Não é muito longe daqui, se estiver de carro.

— Será um prazer ajudar. Ele ainda não sabe da doença do neto?

— Não, é justamente por isso que vou enviar a carta — mentiu novamente.

— Quando sair daqui, vou direto lá e entrego a carta para ele — prometeu o marido.

— Muito obrigada, não tenho como te agradecer!

Encerrou a conversa e redigiu o bilhete. Demorou, pois a cada frase que escrevia, colocava-se a pensar por minutos qual seria o próximo argumento.

Ao terminar, dobrou a folha diversas vezes, tentando evitar que alguém a lesse antes dele; teria que confiar naquele desconhecido. Informou o endereço da oficina mecânica e, por fim, agradeceu-o pela gentileza.

Pouco tempo depois, o homem já estava diante de Josué.

— Com licença, senhor, por acaso o pai da Alicia está por aqui?

— Sou eu mesmo, o que tu queres? — falou, embriagado.

— Ah, sim, me desculpa. É que ela está com teu neto no mesmo quarto do hospital em que se encontra a minha família.

— Tá, e daí? — perguntou em tom ríspido.

— Ela mandou eu te deixar esta carta.

— Se era só isso, tenho trabalho a fazer.

Entregou o pedaço de papel dobrado e deu um jeito de sair dali o mais depressa possível, não queria confusão para o seu lado, ainda mais com um bêbado como aquele.

Josué teve vontade de rasgar o bilhete, mas pensou que poderia conter alguma espécie de chantagem em razão de seu último encontro com a filha, o que fez com que começasse a leitura:

> "Josué, vou te chamar assim, porque desde que ficaste sabendo da minha gravidez, não posso mais chamá-lo de pai. Quando mais precisei da tua ajuda, em vez de apoio e carinho, tive ao meu lado um monstro bêbado e rancoroso.
>
> Confesso que finalmente me sinto aliviada, pois durante toda a minha vida culpei a mãe por ter fugido de casa com o seu amante, mas, hoje, lhe dou razão e entendo seus motivos. Ora, uma mulher delicada como ela não aguentaria um sujeito como tu. Certamente nunca nem a satisfez na cama! Afirmo isso pois tive o desprazer de presenciar que seu gosto é por outros homens bêbados e imundos, iguaizinhos ao senhor, somado ao fato de também ser grosso e estúpido.
>
> Se tivesses me contado de sua tara por outros homens, com o tempo, poderia compreendê-lo, e

quem sabe até te dar forças para seguir adiante.
Agora percebo por que, a todo momento, me chamava de puta: na verdade, era pelo simples fato de eu ser filha de um puto, e tu sempre soubeste disso. Pensando bem, vou fazer o mesmo favor que tu me fizeste: espalharei para todos que tu, como eu, também gostas de um bom macho.
Carinhosamente,
Alicia"

A cada palavra lida, ia esvaziando uma garrafa de vodca, a ponto de secá-la antes mesmo de acabar de finalizar aquela pequena carta.

Atirou longe o recipiente já seco, que se espatifou no exato momento em que colidiu contra uma parede, perto de um dos carros que estava para conserto. Desferiu alguns pontapés nos surrados móveis que o cercavam, mas parou logo em seguida por falta de fôlego, descontrolado e bêbado.

Teve vontade de surrar o seu namorado. "Ele é o culpado de tudo", pensou, mas o jovem já havia saído para trabalhar na coleta de lixo.

Não sabia o que fazer, ficou perambulando por todas as peças de sua oficina. Quando se deparou com um espelho, sendo forçado a encarar sua própria imagem, viu com clareza os dentes marrons e a face enrugada. Não aguentou aquilo. "Mas que lixo de homem eu me tornei?"

Pensou por mais alguns segundos e foi em direção a um velho guarda-roupa que tinha desde a época do casamento. Abriu uma das duas portas, a qual dava acesso ao compartimento superior, afastou um macacão engraxado do trabalho que ali estava e teve uma sensação de alívio. "Aqui está ela, não tenho mais nada a fazer."

Pegou o objeto: uma pistola, herança de seu pai. Conferiu que estava carregada, apontou-a entre seus olhos e disparou.

Do outro lado do mundo, José Joaquim era só alegria. Tinha acabado de juntar dinheiro para comprar seu primeiro carro, e o namoro com Vitória ficava cada vez mais sério.

Em relação ao trabalho, mal acreditava que seu melhor amigo, Pedro Augusto, dentro de uma semana, começaria a trabalhar na mesma empresa que ele. Novamente seriam colegas! Havia conseguido essa vaga para o quase irmão depois que o antigo engenheiro decidiu se aposentar; estava ansioso para lhe transmitir a notícia.

Combinaram de se encontrar depois do expediente, no Café Restaurante Martinho da Arcada, localizado na Praça de Comércio. Era a cafeteria mais antiga de Lisboa, inaugurada pelo próprio Marquês de Pombal no dia 2 de janeiro de 1782. Foi nesse estabelecimento que um dos seus mais famosos frequentadores, Fernando Pessoa, tomou seu último café, três dias antes de falecer em 30 de novembro de 1935, na companhia de Almada Negreiros.

Saiu do trabalho e foi o mais rápido que pôde ao local combinado. Chegou no exato momento em que seu relógio marcava sete horas e cinco minutos da noite.

— Olá, José Joaquim — seu amigo logo apareceu —, me diz o que houve de tão importante para me chamares com urgência até aqui.

— Senta, tenho uma ótima notícia para te dar.

— Que notícia é essa? — questionou, sem conseguir esconder a curiosidade.

Para criar mais suspense, antes de responder, José Joaquim fez sinal ao garçom e ficou em silêncio enquanto este se aproximava. Pediu sardinhas assadas e uma garrafa de vinho do porto.

— Me conta logo! Estás me deixando nervoso.

— Calma, é uma coisa muito boa.

— Não me digas que vai ser pai? A Vitória está grávida, e queres que eu seja o padrinho?

— Nada disso.

— Então o que poderia ser tão importante?

— Tu não vais acreditar — disse Joaquim, fazendo suspense.

— Fala logo. Queres me matar de curiosidade?

— É que vamos ser colegas de novo.

— Como assim?

— Um velho engenheiro da empresa se aposentou. Aproveitei para convencer meu chefe a te contratar. Ele queria alguém jovem e com vontade de trabalhar, eu disse que conhecia a pessoa perfeita para o cargo.

— Tá brincando! — falou aos gritos de felicidade. — Não acredito, vou ter meu primeiro emprego de verdade!

Vendo o que acontecia e apreciando a alegria de ambos, o gerente do estabelecimento pessoalmente lhes serviu a jarra de vinho, dizendo que aquela seria cortesia da casa.

— E te digo mais: na segunda-feira da próxima semana, já começará a trabalhar como engenheiro. Tua mesa vai ser ao lado da minha, do mesmo jeito que era quando estávamos na escola e também na faculdade.

— Meu Deus, que notícia, não vejo a hora de falar para os meus pais.

Depois da janta, beberam o quanto puderam. Veio a conta, e José Joaquim fez questão de pagá-la sozinho.

— Para com isso, vamos dividir a fatura.

— Nem pensar, quando receberes teu primeiro salário, aí tu pagas.

— Combinado.

— E outra coisa: não vou precisar mais das caronas do teu pai.

— Por quê? — Temia que algo de errado pudesse ter acontecido entre eles.

— É que vou comprar meu primeiro carro.

— Nossa, que maravilha, já escolheste o modelo?

— Ainda não. Será que teu pai me ajuda a escolher?

— Lógico que sim.

— Vou precisar, porque não entendo nada sobre isso.

— Ele vai ficar muito feliz e honrado em te acompanhar nesse momento.

Saíram dali, caminhando sob o calor de agosto em Portugal. Subiram a Avenida da Liberdade a passos lentos e se despediram.

— Estava pensando... Vamos fazer uma janta lá em casa amanhã e dar a notícia para meus pais e minha irmã?

— Boa ideia. Vamos sim.

— Leva a tua mãe e a Vitória.

— Ok. Combinado. Que horas?

— Às oito da noite, pode ser?

— Estaremos lá.

Trocaram um abraço apertado, do mesmo jeito que faziam desde que eram crianças.

Dois dias depois do enterro de seu pai, Alicia retornou do hospital; Lorenzo já estava melhor. Quando entrou em sua casa, achou que sentiria uma sensação de tristeza, mas foi exatamente o contrário: um sentimento de alívio pelo falecimento de seu genitor predominou em seu íntimo.

Segundo alguns conhecidos que lá estiveram, foi um velório triste como qualquer outro, embora não tivesse mais do que vinte pessoas em seu sepultamento. Pelo fato do óbito ter sido ocasionado por suicídio, nem um padre esteve no local.

Quarenta e oito horas depois do enterro, ninguém mais falava na morte de Josué, tamanha a insignificância de sua persona em vida. Talvez os únicos que sentiriam sua falta, mais financeira do que sentimental, seriam os donos de botecos da redondeza, dos quais ele diariamente comprava cachaça e vodca.

Por outro lado, Alicia se deu conta de que agora não teria mais quem a sustentasse, mesmo que parcamente. Precisava fazer alguma coisa para alimentar o filho e a si mesma.

Mesmo tendo certa influência no suicídio de seu pai pela carta que lhe escreveu, não nutria nenhum sentimento de culpa. Para ela, a morte foi mais do que merecida. "Chega de humilhação", pensava toda vez que se lembrava dele entrando em casa completamente embriagado.

Ainda tinha um resto de feijão e arroz para cozinhar na estante da copa. Ao preparar a refeição, teve uma ideia: recordou que era a única herdeira de seu pai. Não era muito, mas ele possuía um carro velho e dois imóveis, sendo um a casa onde morava, e outro a velha oficina mecânica. Serviria para um recomeço.

Informou-se com alguns conhecidos naquela mesma noite, e todos com quem conversou lhe disseram que precisava de um advogado para fazer um tal de "inventário", o que permitiria a venda do patrimônio e, finalmente, o embolso do dinheiro.

Lembrou-se de um antigo namorado de sua adolescência. À época, tinha por volta de catorze ou quinze anos, e ele era uns cinco anos mais velho. Foi o quarto homem com que manteve relações sexuais. Encontraram-se por diversas vezes até que deixaram de se ver, porém, continuaram amigos e se falavam ao toparem um com o outro na rua.

Chamava-se Ricardo e começara a estudar Direito anos atrás; já deveria estar formado. Era a única pessoa a quem poderia recorrer. Bastaram alguns telefonemas para contatá-lo. Marcou um horário em seu escritório na manhã do dia seguinte.

Levantou-se cedo, vestiu uma roupa preta que escondia um pouco do sobrepeso e, assim, sentiu-se atraente. Os reflexos da recente gravidez ainda podiam ser notados em seu corpo, mas continuava bonita.

Por falta de opção, teve de levar Lorenzo junto; não tinha ninguém que ficasse com a criança, mesmo que fosse por poucas horas. Pegou um ônibus intermunicipal, cuja parada se situava perto de sua casa, e em menos de vinte minutos desceu próximo ao escritório do antigo amigo.

Caminhando, notou que alguns homens olhavam para seu corpo. Teve uma vontade intensa de transar. "Mal posso acreditar que não trepo há meses. Como isso foi acontecer?"

No endereço fornecido pelo advogado, observou uma pequena placa indicando o lugar:

"ADVOGADO
DR. RICARDO NOGUEIRA
CAUSAS CÍVEIS, CRIMINAIS
E FAMILIARES"

O escritório era em uma pequena sala no segundo andar de um prédio de quatro pavimentos. Abriu a porta, sentou-se em um uma minúscula área de espera e aguardou ser atendida.

— Alicia, quanto tempo, menina?! Como estás bonita.

Vendo aquela figura de terno e gravata, quase teve um orgasmo. Sentiu vontade de se atirar em seus braços, mas conteve-se.

— Bonito és tu. Mal te reconheci. Virou um baita homem! — elogiou, excitada.

— Entra, por favor, fica à vontade.

O local onde atendia tinha aproximadamente doze metros quadrados, a mobília era simples, uma mesa com máquina de escrever e alguns livros de Direito. Tinha, ainda, duas cadeiras para os clientes e uma giratória onde permanecia sentado ouvindo-os. Ao fundo da sala, viam-se mais alguns periódicos e um quadro não muito bonito.

— Mas então, a que devo esta honra?

Nesse momento, o bebê começou a chorar, e ela tirou um dos peitos para fora e amamentou a criança.

— Me desculpa, queres que eu faça isso lá fora? Nem me dei conta. Ele deve estar com fome.

— Não te preocupes, podes continuar.

Notou que não havia nenhuma fotografia com mulher. "Isso é um bom sinal, ele deve estar solteiro", pensou.

— Vim te procurar porque confio muito em ti, sabias?

— Tenho certeza disso, caso contrário, não estarias aqui. Mas me diz, o que houve?

— É uma situação muito complicada para mim, não sei como iniciar...

— Por acaso é o pai da criança que não está pagando pensão? Vejo isso todos os dias aqui, e por mais terrível que possa parecer, é comum. Não vamos deixar assim...

Aquelas palavras foram como jogar um balde de água fria em pleno inverno em uma pessoa sem roupa. Levou alguns segundos para retomar seu raciocínio.

— Não é isso, é algo pior.

— O que aconteceu? Podes me falar, eu tenho o dever de sigilo profissional — argumentou, tentando se recuperar da mancada cometida com sua suposição.

— É que meu pai morreu com um tiro poucos dias atrás.

— Oh, Alicia, sinto muito. Pegaram o criminoso? Veio aqui me procurar para eu acusar o bandido? No mês passado mesmo fiz um júri popular e consegui uma condenação de quinze anos para um assassino que matou um motorista de ônibus.

— Não é nada disso, Ricardo, creio ser pior. No enterro dele nem um padre foi capaz de ir.

— Como assim? O que é pior do que um homicídio? — questionou, mais uma vez se dando conta de que havia falado demais.

— Ele se matou.

— Puxa vida, Alicia, eu sinto muito. Como posso te ajudar?

— Sou a única herdeira, preciso fazer os trâmites para vender os bens dele. Estou em uma situação muito difícil, não tenho emprego e ninguém para me ajudar a cuidar do meu menino. Ele era a única pessoa que me auxiliava financeiramente.

— Calma, vou te ajudar. O que ele deixou de bens?

— Um Corcel verde, acho que do ano de 1976, sua oficina mecânica e a casa onde moro. Outra coisa, não tenho como te pagar agora...

— Não é problema, pode me pagar no final da causa. Queres vender todos esses bens?

— Sim. Além de carecer do dinheiro, só me trazem más lembranças.

— Tá certo. Vou te cobrar dez por cento do que nós conseguirmos com a venda. Pode ser?

— Ótimo! Sabia que tu me ajudarias.

Mal acabou de falar, levantou-se e lhe deu um beijo na boca, mesmo segurando seu filho no colo. Sentia um tesão quase que irresistível. Colocou uma das mãos em seu pênis e começou a manejá-lo por cima da calça, mas Ricardo conseguiu se conter:

— Alicia, aqui não. Pelo menos não na frente da criança.

— Tá bom, eu paro, é que tu estás lindo demais. Eu não resisti, cheguei a esquecer que ele estava aqui comigo.

— Queres fazer alguma coisa esta noite?

— Claro que quero, mas não tenho com quem deixá-lo. Pode ir lá em casa?

— Combinado. A que horas?

— Tu que sabes, não estarei fazendo nada.

— Às nove estarei lá.

— Vou te esperar. — Despediu-se com mais um beijo.

Minutos antes do horário, Alicia viu através da janela quando Ricardo estacionou seu carro quase em frente à residência. Ele desceu do veículo com uma garrafa de champanhe e um buquê com doze rosas vermelhas.

Nem precisou tocar a campainha, pois ela já o aguardava com a porta aberta. Vestia uma saia curta com uma meia-calça por baixo e uma blusa que havia comprado à tarde para essa ocasião.

— Nossa, que lindas — falou Alicia, referindo-se às flores.

— São para ti. Mais lindas que elas, só tu.

— Não mereço tamanha gentileza.

Beijou-a ali, em frente à casa. Pôde perceber a expressão de surpresa de duas vizinhas que moravam ao lado. Só não escutava bem o que comentavam:

— Que falta de respeito, o cadáver nem esfriou no caixão e já vai trepar.

— Deixa a menina, aquele pai dela era um bêbado imprestável — contestou a outra.

— Que isso, tenha mais respeito com os mortos.

— As pessoas têm mania de esquecer os defeitos dos outros depois que morrem. Ele era um bêbado, sim.

— Mas não é por isso que a guria já deve sair dando para o primeiro que apareceu depois do velório.

— Nisso tu tens razão.

A despeito da reprovação das mulheres, não conseguiu suportar o tesão que sentia e continuou a beijá-lo, e, ali mesmo, massageou o pênis de seu advogado por cima da calça, tal qual fizera pela manhã. Logo entraram. Se não fosse por Ricardo, nem sequer fechariam a porta.

Foram direto para o quarto do falecido. Ricardo ainda perguntou por Lorenzo, e ela apenas disse que não era para se preocupar, pois estava dormindo em outra parte da casa.

Ainda pensou em ser romântico e abriu a champanhe, mas quando se deu conta, ela já tinha começado a chupá-lo. Depois, tirou sua saia, e fizeram sexo por diversas vezes enquanto bebiam. Só pararam ao serem vencidos pelo cansaço.

Sentiram fome. Como não havia nada de bom para comer, resolveram pedir uma pizza. De vez em quando, Alicia ia na peça ao lado para checar seu filho, que continuava dormindo.

Ao ouvirem um barulho de motocicleta se aproximando, Ricardo vestiu a calça e foi pegar a janta que chegava. Constatou a curiosidade de outros inúmeros vizinhos, os quais lhe lançavam olhares desconfiados. Dominado pela vergonha, e também pela fome, não fez questão de esperar pelo troco do entregador; entrou rápido na casa.

Alicia deu a primeira mordida na pizza e quase teve outro orgasmo. "Acho que agora estou voltando a viver." Comeu diversas fatias, tomando o que restava da champanhe no gargalo.

Mal fez a digestão, tornou a chupar seu parceiro. Transaram mais duas vezes e, fatigados, pegaram no sono.

Foram acordados aos berros pelo choro de Lorenzo.

— Nossa, que horas são? — perguntou, assustado.

— Duas da manhã.

— O que aconteceu?

— Não te preocupes, ele sempre faz isso, não é nada.

— Tens certeza?

— Claro que sim, volta a dormir que eu cuido dele.

Na terceira vez que Ricardo acordou com o choro da criança, já eram cinco horas da madrugada. Não suportou mais aquilo e deu uma desculpa para poder ir embora. Antes disso, combinaram de se encontrar pela parte da tarde em seu escritório para tratarem as questões legais sobre a venda dos imóveis.

Alicia beijou-o e o viu ir embora. Fazia tempo que não sentia tanta felicidade.

Pela manhã, concluiu que a alegria não era somente pelo fato de ter transado a noite toda, ou pela pizza que comeu, mas sim pela morte de seu pai. "Ele só me fazia mal, até que foi tarde."

Lá fora, no frio de agosto, o sol iluminava o dia, e resolveu sair para caminhar com Lorenzo em seu colo pelos arredores. Deu a volta na quadra, e de boa parte dos vizinhos que enxergava, notou que alguns a olhavam com pena, outros com repulsa. "Aquelas duas velhas fofoqueiras devem ter espalhado meu encontro de ontem", pensou com certa indignação.

Não conseguia entender por que tinha ficado toda sua vida naquele lugar, mal reconhecia aquelas pessoas. Não havia mais motivo para permanecer na casa onde foi criada. Tinha de fazer alguma coisa, não iria mais suportar aquilo.

Horas mais tarde, foi mais uma vez ao escritório de seu advogado, ou melhor, seu novo amante. Dessa vez, comprou uma calça jeans antes de ir, precisava estar bem-vestida. No entanto, o dinheiro que havia pegado na oficina de seu pai já estava acabando, e precisava dar um jeito de conseguir mais.

Chegou junto a Lorenzo no horário combinado. Ricardo a esperava com uma caixa de bombons em seu escritório vazio.

— Nossa, como tu estás romântico, não acredito que comprou para mim! — Beijou-o na boca, já com o presente em uma de suas mãos. Segurava seu filho com o outro braço.

— Saiba que adorei estar contigo ontem — confessou o advogado.

— Eu também. Se quiseres, podes voltar hoje de noite.

— Perfeito. No mesmo horário?

— Estarei te esperando.

Permaneceu por cerca de uma hora no escritório, e Ricardo fez uma lista de documentos que ela precisaria entregar. Ao final da consulta, agarraram-se, mas o advogado não quis transar ali devido à criança.

Quando ia saindo, Alicia teve uma ideia. Com seu dinheiro terminando, pensou que talvez seu pai houvesse escondido alguma quantia na oficina mecânica. No mais, não era muito distante dali, e não tinha nada o que fazer mesmo, por isso decidiu ir até lá, aproveitando que guardava a chave do local em sua bolsa.

Pegou um ônibus e desceu na parada mais próxima. Ao entrar no lugar, um homem desconhecido a chamou:

— Moça, por favor, tu por acaso és a filha do Josué?

— Sim, sou eu. Por quê?

— É que eu deixei meu carro aí para teu pai consertar, só que...

— Ele se suicidou — complementou ela, sem nenhum constrangimento.

A princípio, quase disse que não sabia de nada. Teve vontade de mandá-lo entrar para que retirasse o veículo, mas viu que estava diante de uma oportunidade.

— Ah, sim, ele me falou do senhor um dia antes de se matar. Seu carro está pronto, me lembro do meu pai consertando ele, aliás, foi o último serviço que ele fez nesta vida...

— Sinto muito, tu deves estar sofrendo demais.

— Tudo bem, foi ele quem quis assim.

— Como faço então para retirá-lo?

— Pelo que me consta, tu ainda não pagaste pelo serviço — arriscou Alicia.

— Isso mesmo, eu combinei que pagaria na retirada.

— Eu tenho o valor certo em suas anotações, mas confio no que o senhor me disser, meu pai me falou muito bem da tua pessoa.

— Obrigado. Acertei com ele que sairia por quatrocentos cruzados.

— Queres que eu te assine um recibo? — perguntou como se trabalhasse naquele lugar.

— Que isso! Não precisa. Confio em ti, da mesma maneira que confiaste em mim.

Antes de ir embora com o carro aparentemente consertado, ele comprou diversas ferramentas que estavam pelo chão da garagem, totalizando mil cruzados.

"Hoje é meu dia de sorte!", pensou, vasculhando tudo em busca de mais dinheiro. Procurou pelos quatro cantos e não achou nada. Seus braços começaram a cansar, então arrumou uma cama de improviso para Lorenzo, que chorava desesperado mais uma vez, embora a febre tivesse passado havia dias.

Deixou seu filho de lado e foi ao escritório; nada de encontrar qualquer vintém. Quando entrou no quarto, viu marcas de sangue pelo chão. Nem a náusea a impediu de ir até o velho roupeiro, onde ele guardava suas tralhas. "Tem que ser aqui." Remexeu tudo. Encontrou velhas revistas pornô e roupas fedendo à graxa. Já com vontade de desistir, identificou uma pequena caixa de lata, no fundo da parte superior daquela mobília. Retirou-a do roupeiro, porém, estava trancada, e não tinha a menor ideia de onde o pai enfiara a chave.

Voltou à garagem, onde seu filho continuava a chorar, pegou um martelo e, com algumas pancadas, a caixa se partiu. Ela continha alguns documentos, justamente os que Ricardo havia pedido para efetivar a venda dos bens, e mais algumas notas de dinheiro — não passava de dois mil e quinhentos cruzados.

Pegou tudo que havia de valor na caixa, colocou dentro de sua bolsa e resolveu ir embora. Na saída, outro senhor a abordou. Era o dono do segundo veículo.

"Hoje é o meu dia de sorte mesmo", pensou, e repetiu o procedimento. Devolveu o carro, mesmo sem saber se estava consertado ou não. Como era um carro mais bonito do que o outro, desta vez, estipulou o preço de setecentos e cinquenta cruzados.

— Pobrezinho, foi o último serviço dele — lamentou-se Alicia, e o cliente, ouvindo essas tristes palavras e vendo a cena de uma menina que acabara de perder o pai chorando com um filho no colo, pagou sem pechinchar.

Despediu-se e, quando viu que o homem havia ido embora, sorriu sozinha. Contabilizava mais de quatro mil cruzados em sua bolsa. Antes de chegar em casa, passou no supermercado e comprou tudo que desejava comer e beber, além de alguns brinquedos para Lorenzo.

À noite, Alicia e Ricardo transaram novamente por longas horas. Ela ainda lhe entregou todos os documentos solicitados por ele.

Duas semanas depois, o dinheiro voltara a acabar, e Alicia não sabia mais o que fazer. Desesperada, não tendo com quem contar, ligou para Ricardo, e marcaram mais um encontro em seu escritório.

Visivelmente abalada, chegou com seu filho no colo e foi sincera:

— Tu és meu único amigo. Posso te pedir um conselho?

— Claro que sim. O que houve?

— Preciso mudar de vida, ter alguma perspectiva, arrumar um trabalho. Tens alguma sugestão?

Ouvir aquilo foi um alívio para Ricardo. Não queria nada sério com ela, e sempre deixara isso bem claro.

— Que tipo de trabalho? Deve ser aqui na cidade?

— De preferência longe daqui, quero mudar os ares. Pode ser qualquer trabalho, desde que possa levar meu filho junto ou que tenha como colocá-lo em uma creche.

Refletiu por alguns segundos e lhe surgiu uma lembrança, como num passe de mágica:

— Olha só, eu tenho uma cliente que é viúva. Ela é dentista, só que mora no interior, a uns trezentos quilômetros daqui.

— E daí? — perguntou, ansiosa.

— A clínica dela é junto à residência em que vive. Dias atrás eu a atendi. Ela me disse que estava precisando de uma secretária, talvez alguém à procura de moradia, pois há espaço na casa. Topas?

— Claro que topo! E a venda dos bens do meu pai? Demora ainda?

— Acho que não.

— Se fizeres isso por mim e pelo meu filho, vamos ser gratos pelo resto das nossas vidas!

— Conversarei com ela. Farei o possível.

Trocaram alguns beijos e se despediram.

Em menos de dez dias, Ricardo confirmara a contratação de Alicia pela tal senhora. Também conseguiu que um de seus clientes comprasse todos os bens de seu falecido pai, à exceção do Corcel. O preço foi razoável e recebeu a quantia à vista.

— Tu és maravilhoso, nunca conheci uma pessoa igual a ti — Alicia falou, feliz da vida, quando recebeu a notícia.

— Está aqui o cheque, só não consegui vender o corcel. Por que tu não ficas com ele? Talvez precises de um carro na sua nova cidade.

— Nem sei dirigir e não gostaria. Eu me lembro do meu pai bêbado dirigindo esse carro.

— O que queres que eu faça com ele? — perguntou o advogado.

— Posso te fazer uma proposta?

— Sim, qual é?

— Me cobraste dez por cento do valor da venda. Não preferes ficar com o carro? Deve valer mais.

— Boa ideia.

— Mas tem uma condição.

— Qual?

— Poderias me levar à casa tua amiga, no próximo sábado?

— Fechado. Às dez horas da manhã estarei na frente da tua casa.

Na manhã seguinte, Ricardo chegou pontualmente. Alicia e Lorenzo entraram no veículo com duas malas contendo seus pertences.

A viagem foi tranquila, pararam somente para o almoço. Por mais que quisessem transar em algum lugar, não conseguiram, pois o advogado se recusava a fazer sexo perto da criança, mesmo que a própria mãe não se preocupasse com isso.

Antes das três horas da tarde, chegaram à casa da velha dentista, chamada Florentina. Era uma senhora simpática que havia perdido o marido e tinha três filhos morando em cidades diversas. Precisava de companhia tanto quanto Alicia necessitava de um emprego para sustentar seu filho. Tinha tudo para dar certo, se ela mantivesse um mínimo de juízo.

Ricardo desceu com as malas e apresentou ela e a criança à senhora, desejando-lhes boa sorte.

— Sentirei a tua falta, nunca vou esquecer o que fizeste por mim.

— Eu também nunca vou te esquecer. Torcerei para que sejas feliz, tu mereces. Cuida bem do Lorenzo e da Dona Florentina, os dois vão precisar muito de ti.

Deu-lhe um último beijo e foi embora para seguir com sua vida na capital.

DEZEMBRO DE 1986

Fazia um calor insuportável naquela manhã, Dona Isaura arrumava o café na casa de seu neto. João Hamilton havia passado a noite fora de casa, suspeitava-se de que estaria começando um namoro, porém, ele sempre mudava o rumo da conversa quando alguém lhe perguntava sobre isso.

Tinha sido um ano difícil, principalmente depois da célere soltura do assassino de Aurélia. A decisão judicial atingiu em cheio toda a família, e a sensação de impotência era evidente em seus olhares.

Seu Armando, indo ao quarto acordar Pedro Henrique, ouviu o telefone tocar; sua mulher lhe pediu que atendesse, pois estava no fogão esquentando o leite e preparando ovos mexidos.

— Alô. Quem fala?

— Bom dia. Por favor, é da residência da família do João Hamilton?

— Sim, ele não se encontra. Quem gostaria?

— É o padre Miguel.

— Pois não, o senhor quer deixar algum recado? Aconteceu algo grave? — perguntou, assustado, ainda com reflexos emocionais ocasionados pela perda de Aurélia.

— Não, pelo contrário. Com quem eu estou falando?

— Me chamo Armando, sou sogro do João Hamilton, ele era casado com a minha falecida filha.

— Ah, sim, tudo bem com o senhor, Seu Armando? Muito prazer, sou padre aqui na cidade há alguns anos.

— Claro, me desculpa. Conheço o senhor de nome e boa fama.

— Que isso, meu amigo, muito obrigado.

— Mas o que houve, padre, para nos ligar a essa hora da manhã?

— Eu preciso falar com um responsável pelo teu neto, o Pedro Henrique.

— Não me digas que ele aprontou alguma coisa...

— Calma, Seu Armando, pelo contrário, é um ótimo rapaz. Justamente por essa razão é que estou ligando.

— Padre, queres que eu o acorde? Deseja falar com o menino?

— Não, preciso falar com o responsável por ele. Pode ser o senhor?

— Claro que sim, eu o crio como se fosse meu filho desde que sua mãe morreu.

— Sinto muito por isso, e espero que estejam se recuperando dessa perda, certamente ela está descansando em paz, soube que era uma ótima pessoa. É difícil de dizer isso, mas Deus sabe o que faz, devemos confiar nele.

— Foi a razão para todos nós não enlouquecermos. Por acreditar em Deus, não fizemos bobagens... Meus filhos estiveram a ponto de buscar justiça com as próprias mãos.

Nesse instante, padre Miguel teve a nítida impressão de que o velho homem tinha começado a chorar, e foi impossível não sentir uma pontada de raiva contra Jerison. "O que esse moleque idiota foi fazer? Pobre pai", pensou.

Preocupada com a duração daquele telefonema, Dona Isaura, que já arrumara a mesa para o café da manhã, sentou-se ao lado do marido, lhe fazendo sinais para tentar saber o que estava acontecendo. Sua angústia era visível.

— Mas, meu caro amigo, hoje eu estou ligando para te dar ótimas notícias.

— Que notícias são essas, padre?

— Seu neto teve um desempenho brilhante na escola, mesmo com tudo o que sofreu, e, diante disso, o colégio pertencente à nossa igreja resolveu, através de uma junta escolar, lhe conceder uma bolsa integral. Ou seja, ele vai ter um ensino em uma escola privada sem precisar pagar nem um tostão.

— O senhor está falando sério? — perguntou, atônito.

— Claro que sim, ora que eu ia brincar com uma coisa dessas!

— Me desculpa, padre, não quis desrespeitá-lo, é que faz tempo que não recebemos boas notícias.

— Não te preocupes, entendo a surpresa de vocês. Me diz uma coisa, queres receber outra boa notícia?

— Quero sim — falou como se fosse uma criança à espera de um presente.

— O colégio também decidiu que Pedro Henrique ganhará todo o material escolar. E esta regra vai valer para todos os seus anos letivos conosco, desde que, é claro, o menino continue sendo um bom aluno. Vou explicar melhor: até ele entrar para uma faculdade, terá colégio e material, como livros, cadernos e uniforme, sem nenhum custo.

— Oh, meu Deus, eu mal posso acreditar! Muito obrigado, padre, eu garanto que vocês nunca vão se arrepender disso! — disse, misturando risos e lágrimas.

— O que houve, marido? Me fala! Queres me matar de curiosidade? — questionava Dona Isaura.

— Só um pouquinho, já te digo, estou conversando com o padre.

— Conta para ela, não tem problema, eu espero na linha.

— O colégio católico, aquele em que estuda gente rica, concedeu uma bolsa para o Pedro Henrique, com tudo o que tem direito.

— Eu não acredito! Eu não acredito! — Chorosa, abraçou seu esposo. — Vai chamar o Pedro Henrique, pede para ele vir agradecer o padre. E passa esse telefone pra cá!

No momento em que padre Miguel ia dizer que não precisava acordar o garoto, um braço tocou seu ombro, sinalizando que gostaria de ouvir a voz do menino.

Esquecendo-se dos seus inúmeros problemas nas articulações, Seu Armando correu até o quarto do neto, enquanto sua mulher conversava com o sacerdote.

— Acorda, Pedro Henrique, tu acabaste de ganhar uma bolsa de estudos integral. Tens noção do que é isso?

— Oi, vô, o que houve? — perguntou, meio dormindo.

— É isso mesmo, o padre Miguel está no telefone, quer falar pessoalmente contigo. Vai lá agradecer!

Sonolento e alegre, em particular pelo orgulho que via em seus avós, pegou o aparelho das mãos de Dona Isaura.

— Alô. Bom dia, padre.

— Bom dia, meu amiguinho. Como estás?

— Muito feliz! Obrigado, de coração. Sabes de uma coisa?

— O que meu, filho?

— Minha mãe, agora, deve estar sorrindo no céu.

Aquela frase pegou todos de surpresa. Quando padre Miguel olhou para sua frente, pôde notar os olhos vermelhos, de tantas lágrimas, daquele que escutava a conversa.

— Com certeza... — Despediu-se e desligou o telefone, antes que começasse a chorar.

Demoraram alguns minutos para recuperar o fôlego, ambos não

contiveram a emoção de escutar a voz do menino. Era sofrimento demais para uma criança.

— Agiste bem, meu caro. Não conheço ninguém que teria feito tamanha bondade.

— Tomara que sim. Isso tudo é muito triste, pobre menino, pobres pais.

— Não te preocupes, ninguém vai ficar sabendo da tua influência. Falei com as freiras pessoalmente sobre isso, elas concordaram e elogiaram muito a tua iniciativa.

— Ok, já deixei este ano letivo pago adiantado, e se um dia eu morrer, a minha secretária vai cuidar de tudo. O garoto nunca vai ficar sem a escola.

— Para com isso, tu tens muitos anos pela frente.

— Isso só Deus nos dirá. Torço que ele esteja te ouvindo.

Com o coração apertado, mas acrescido de um sentimento de dever cumprido, saiu da paróquia em direção à sua casa. Era véspera de Natal, e precisava comprar presentes para seus três filhos e sua mulher.

— Mas que droga, que Inferno, esse meu dente não para de doer — reclamava Jerison à sua mãe, desde que acordou.

— Calma, meu filho, já vou ligar para a dentista.

— Para qual, exatamente?

— Ora, pra quem! Estou telefonando à Dra. Florentina, ela te atende desde criança.

— Não quero aquela velha, está desatualizada.

— Que isso, Jerison, olha o respeito, ela é uma ótima profissional e uma excelente pessoa.

— Então marca de uma vez, não aguento de dor.

— É isso que pretendo fazer.

Uma pessoa de voz jovem atendeu:

— Clínica de ortodontia, bom dia.

— Olá, creio que ainda não te conheço, deves ser a secretária nova. Meu nome é Isabela Andrade, sou amiga de longa data da Dra. Florentina.

— Muito prazer, me chamo Alicia. Como posso ajudá-la?

— Meu filho, o Jerison, acordou com muita dor de dente, teria como marcar um horário o mais rápido possível?

— Só um instante, vou verificar a agenda. — Não demorou muito a responder: — Não há horário vago, mas se ele está com dor, diga para vir agora, que vamos dar um jeito de encaixá-lo. Até porque a senhora é amiga da doutora.

— Muito obrigada, querida. Ele logo mais estará aí.

— Nós o aguardaremos.

Desligou e avisou ao filho:

— Resolvido, Jerison, falei com a nova assistente, vão te atender agora.

— Podes me emprestar o teu carro, mãe?

— Nem pensar, vou precisar dele mais tarde.

— Nem na hora da dor eu posso usar a droga de um carro!

— Te arruma que eu te largo lá. Se reclamares mais uma vez, terás que ir à parada pegar um ônibus.

Em poucos minutos, Isabela o deixou em frente à clínica com uma pequena quantia, para que pudesse pagar a consulta e o táxi da volta.

Deu alguns passos e entrou no consultório de sua velha dentista. Era uma bonita casa de dois andares com um belo jardim no pátio dianteiro. No térreo, a clínica ocupava uma boa parte. Ao lado direito, tinha uma garagem para dois carros, e, aos fundos, um quarto com uma pequena cozinha e banheiro, adaptado como a nova moradia de Alicia e Lorenzo. Todo o pavimento superior servia de casa para Florentina, que, vez ou outra, recebia algumas amigas e a visita dos filhos.

— Deves ser o Jerison, suponho. Estás com muita dor? — perguntou Alicia educadamente.

— Sim... Será que ela vai demorar a me atender? — falou, impressionado com a beleza da jovem secretária.

— Não te preocupes, és o próximo da fila.

— A minha mãe me disse que tu és nova por aqui.

— É verdade, morava antes na capital.

— Tá gostando da nossa cidade?

— Me adaptando; me sinto muito sozinha, ainda não tenho amigas.

"Vai ser uma barbada, a garota está carente", pensou. Depois da acusação pelo crime contra Aurélia, tinha diminuído significativamente o rol de possíveis pretendentes, restando-lhe algumas prostitutas que ele jamais namoraria, ou antigas amigas que ele sempre classificou como muito feias.

— Imagino, não deve ser fácil vir morar em outra cidade sem familiares ou conhecidos.

— É difícil, em particular quando se tem um filho pequeno. — Apontou para Lorenzo deitado em um berço, presente da dentista.

— Nossa, como ele é lindo! Adoro crianças — mentiu com a única intenção de seduzi-la.

— Sério?

— Como não gostaria? Nem confio em quem não gosta!

— Que legal! — "Acho que vou arrumar meu primeiro namorado. Ele até é bem bonito", pensou. — E tu, tens filhos?

— Ainda não, mas quero ter. Inclusive me separei da minha namorada há pouco porque ela me disse que nunca ia querer um — mentiu mais uma vez.

Foram interrompidos: tinha acabado a consulta, e a paciente dirigiu-se à Alicia para pagar pelo atendimento. No instante em que ela recebeu o valor em dinheiro, Dra. Florentina avistou Jerison.

— Olá, rapaz, estás com muita dor? Podes passar aqui na minha sala — falou, seca e direta, nem sequer lhe estendendo a mão.

A secretária não conseguiu entender o porquê daquele tratamento, se a senhora ao telefone, a que marcara a consulta, disse que eram amigas havia tempos. Sua chefe lidava com todos amavelmente, jamais conhecera uma pessoa tão carinhosa quanto ela. "A doutora deve estar muito cansada, tem trabalhado demais."

Lembrou que nessa noite sua patroa sairia para usufruir poucos dias de férias. Viajaria naquela véspera de Natal para passar a data festiva na casa de um de seus filhos.

"Só pode ser isso, o rapaz é tão educado", concluiu em pensamento e voltou a trabalhar, ao mesmo tempo que ficava de olho em seu filho.

A consulta não demorou mais do que trinta minutos. Diferente do que sempre acontecia com seus pacientes, Dra. Florentina não o acompanhou até a sala de espera. Alicia também não a ouviu despedir-se dele.

— Muito obrigado por conseguir a consulta, ela me salvou de passar o Natal com dor — Jerison falou à Alicia, ao passo que pagava os honorários da dentista.

— Que bom que melhoraste.

— Tu já tens planos para a noite de Natal?

— Irei passar aqui com meu filho. A doutora vai viajar, ficaremos só eu e ele.

— Nossa, que triste. Posso te ligar para quem sabe combinarmos algo?

— Podes sim. — Não conseguiu esconder o sorriso.

— Até mais, então!

— Vou esperar o convite. — Deu-lhe uma piscada.

Ele a beijou no rosto. Saiu dali sem mais dores e com a sensação de que conseguiria transar com uma bela mulher. "Há eras que isso não me acontecia. Em breve as pessoas não vão mais se lembrar do que fiz", pensou.

Colocou um boné que passou a carregar depois de sair da prisão, para não ser reconhecido, andou por algumas quadras e optou por pegar um ônibus. Precisava economizar, logo, guardaria a sobra do dinheiro que sua mãe lhe dera. O calor era insuportável. Ao chegar à sua casa, teve de trocar a camisa, ensopado de tanto suor.

Almoçou na companhia de seus pais e sua irmã. Após, ligou a televisão em seu quarto e ficou por horas sem fazer nada.

Essa era a sua rotina desde que saíra da cadeia. O máximo que conseguiu foi prometer à sua família e ao seu advogado que, no próximo ano, terminaria o colégio e se esforçaria para entrar em uma universidade.

No início, até tentou voltar a estudar, mas a cada saída de casa, aonde quer que fosse, recebia vaias de diversas pessoas, e de vez em quando algumas cusparadas. Esteve na iminência de apanhar em múltiplas ocasiões. Em pouco tempo, desenvolveu algum tipo de crise de pânico. Iniciou tratamento com um médico psiquiatra, que até então de nada havia adiantado. Talvez por isso eram raras as vezes que deixava o conforto de seu lar.

O mais distante que ia era para ver seu amigo Damião no presídio, ao menos uma vez por mês, e, de quando em quando, encontrava-se com prostitutas em um motel não muito longe de sua morada, sempre de dia.

Os sintomas de sofrimento foram mais visíveis em sua mãe: Isabela parecia ter envelhecido dez anos em menos de um. Tinha vergonha de sair à rua, e muitas das mulheres que considerava amigas não mais retornavam seus telefonemas. Até sua cabeleireira dava desculpas para não atendê-la.

O clima em casa piorava a cada dia. Mariana, a todo tempo, chamava seu irmão de assassino. Se ele tentava se defender, principiava mais uma discussão ferrenha, que chegava a ponto das vias de fato. Nessas situações não raras, somente a presença de Marco arrefecia os ânimos, não por imposição, mas porque notadamente estava mergulhado em sofrimento, e sua filha não tinha coragem de contrariá-lo.

Da véspera até os dias que procederam o Natal, Jerison e Alicia, aproveitando a ausência da dentista, encontraram-se várias vezes. Nesses dias, pernoitaram juntos ao menos em três oportunidades.

Estranhamente, os choros de seu filho começaram a diminuir, no entanto, algo parecia errado. Lorenzo passou a apresentar alguns sinais pelo corpo, sinais estes que aparentavam advir de uma agressão proposital.

A milhares de quilômetros daquele lugar, José Joaquim experienciava uma sensação de tristeza, como se tivesse perdido alguma coisa, ou se esquecido de algo muito importante, mas não imaginava o que poderia ser. Pensava: "O que está acontecendo comigo? Minha vida anda tão perfeita...".

Semanas antes, marcara seu noivado, que ocorreria no próximo mês. Ele e Vitória planejavam se casar, não sabiam a data, mas não queriam esperar muito.

Sua então namorada era uma mulher de vinte e cinco anos, esbelta, com cabelos castanhos na altura dos ombros, recém-formada em Jornalismo. Caçula de sua família, possuía mais dois irmãos. Seus pais tinham boas condições financeiras, mas nem por isso foi uma garota mimada; durante toda a sua existência, comportou-se como uma filha amorosa e uma estudante dedicada.

Naquela noite, iriam todos jantar na casa de Silas, Pedro Augusto organizara tudo.

Apesar de saber que em pouco tempo perderia boa parte da convivência com o filho, Maria Cristina estava feliz. Em sua cabeça, se morresse agora, partiria satisfeita, pois cumprira, segundo ela, sua grande missão: criar bem José Joaquim. A cada vez que o via, ou que conversavam sobre qualquer assunto, seu coração se enchia de alegria. Ele era tudo o que tinha na vida, seu verdadeiro amor.

Quando Maria Cristina rememorava seu falecido marido, rezava e agradecia a ele por ter lhe dado esse grande presente. Com o passar dos anos, nada lhe agradava mais do que os dias de domingo, nos quais seu filho a acordava com o café da manhã pronto em sua cama.

"Mesmo com a perda do pai, o máximo de trabalho que me deu se resumiu às suas lágrimas de tristeza. Meu menino se formou, arrumou emprego... e não somente para ele, pois conquistou a confiança de seu chefe para empregar seu melhor amigo. Além disso, conheceu uma boa companheira e sempre me fez tão feliz!", pensava constantemente e inclusive repetia orgulhosa, por incontáveis vezes, a todos os seus vizinhos.

Estava arrumando a maquiagem em frente ao espelho de seu quarto, divagando sobre a alegria trazida pelo filho, e se sobressaltou com pequenas batidas à sua porta.

— Vamos, mãe, a janta já deve estar quase pronta. O Pedro Augusto pediu para nós chegarmos um pouco antes da família da Vitória.

— Já vou, meu filho, é que eu estava pensando em ti.

José Joaquim abriu a porta do quarto e notou que caíam algumas lágrimas dos olhos dela, mas sabia bem distinguir: essas eram feitas de orgulho, e não de tristeza.

Pegou carinhosamente na sua mão, e foram abraçados até a casa de Silas, caminhando tranquilos, observando a lua cheia e relembrando as noites em que passeavam com Cláudio Amaro pelo bairro.

Fazia frio naquela noite. Mesmo com uma mãe amorosa, amigos maravilhosos, uma carreira promissora e uma bela namorada, a estranha infelicidade não deixava de consumir o coração de José Joaquim, que se via incapaz de explicar aquele aperto no peito.

MARÇO DE 1987

Seu Armando e seus filhos estavam abismados com as palavras do advogado que haviam contratado. Segundo ele, ainda não fora marcada audiência perante um juiz sobre o caso da morte de Aurélia, e o processo perduraria por longos anos até que se tivesse um desfecho.

— Isso não é justo, não podemos deixar assim — falou Manoel, exaltado.

— Calma, meus filhos, vamos aguardar a Justiça.

— Mas que droga de Justiça é essa, pai? Esse filho da mãe matou nossa irmã e está solto como se fosse um pobre inocente — interveio Joaquim.

Os dois conversaram mais um pouco em frente ao escritório, sem conseguirem acreditar. Após, cada um tomou o rumo de seus respectivos afazeres.

Já Seu Armando resolveu gastar um pouco mais e pegou um táxi até sua casa, pois não queria se atrasar. No curto caminho, suas emoções oscilaram: ora lhe batia a tristeza ao pensar na filha, ora se animava pela conquista do neto.

Era uma manhã nublada, na primeira segunda-feira do mês de março. Muito embora tivessem recebido essa notícia, era um dia especial para a família, pois seria o início das aulas de Pedro Henrique em seu novo colégio.

Naquele ano, o calendário escolar começara um pouco mais tarde do que nos anteriores, e a cada dia que se passava, maior era a ansiedade do garoto em voltar a estudar. A aula iniciaria depois do almoço, mais precisamente à uma hora da tarde. Por isso o avô saiu às pressas da consulta que teve com o advogado, a fim de acompanhar o neto, como fez nos últimos dois anos. Marcara com ele de arrumar seus apetrechos para a aula ainda pela parte da manhã.

Era difícil de acreditar que pouco tempo atrás Aurélia havia sido morta ao sair para buscar a janta e comemorar a vida escolar de Pedro Henrique, ocasião como a desse dia.

Chegando à casa, ele prometeu a si mesmo que não falaria nada sobre o processo de sua filha, para não estragar a felicidade do neto. Aliás, sua esposa e Pedro Henrique nem sequer desconfiaram que ele foi se reunir com o Dr. Clóvis, eis que havia inventado uma desculpa qualquer para sua saída matinal.

Girou o trinco da porta, e, em fração de segundos, escutou a voz do menino:

— Oi, vô, achei que tivesses te esquecido de mim.

— Nunca vou esquecer de ti. Eu te amo muito, sabia?

— Sei, sim. Te esperei para arrumar minhas coisas para o colégio.

— Estás muito nervoso para conhecer a escola nova?

— Um pouco. O senhor vai me levar?

— Com certeza, e na saída estarei lá como sempre fiz. Continuarei assim até virares adulto ou até quando tu permitires. Talvez, daqui a uns anos, tu sintas vergonha desse velho na frente do colégio, te atrapalhando com uma futura namorada sua.

— Para com isso, vô, o senhor é o meu melhor amigo, nunca vai me envergonhar.

Transbordando de orgulho, deu um beijo no rosto do neto, e foram arrumar o material escolar. Divagaram sobre como seriam os colegas, almoçaram e foram juntos para a instituição de ensino.

Em um lugar não muito longe dali, porém, de uma realidade financeira totalmente diferente, Valentim estava almoçando com sua família. Uma empregada servia os pratos enquanto outra preparava a sobremesa. O cardápio era sortido, e mesmo assim, suas duas irmãs criticavam a comida e não paravam de reclamar de ter que voltar às aulas.

Sofie, sempre com muita paciência, dava um jeito de contornar as discussões e introduzia conversas harmoniosas. Sabia que seu marido detestava assuntos medíocres, e era nítido o afastamento que tinha das filhas, as quais começavam a invejar o caçula pelo tratamento diferenciado que recebia.

— Espero que vocês duas estudem mais neste ano. Não me façam passar vergonha de novo — disse Giovani, olhando em direção às filhas, que nada falaram e logo voltaram às suas futilidades.

Terminada a refeição principal, o advogado pediu a uma das funcionárias para levar duas sobremesas à biblioteca e foi para lá com seu filho.

— Afiado para o novo ano letivo? Pronto para recomeçar os estudos?

— Pronto sim, pai, não vou te decepcionar.

— Nesses últimos meses trabalhei demais, não pudemos ficar tanto tempo um com o outro, me desculpa. Hoje eu é que vou te buscar na escola.

— Oba, que bom!

— Ouvi dizer que o teu colégio abriu bolsa para pessoas mais carentes, sabias disso?

— Não.

— Quero que trates todas com muito respeito, e, se preciso, não deixes os metidos à besta zombarem delas.

— Certo, pai.

— Uma das piores atitudes dos seres humanos é insultar alguém por sua falta de condição financeira, ou por raça ou escolha religiosa. Tu deves sempre respeitar essas diferenças, meu filho.

— O senhor já me ensinou isso. Não te preocupes.

— Posso te confessar uma coisa muito importante, Valentim?

— Sim. O que é?

— Tu és o melhor do que tem em mim. Te amo muito. Boa aula.

Ao acabarem de comer a sobremesa, ouviram a voz doce de Sofie alertando que não poderiam se atrasar. Ela já estava indo para a garagem, levar Valentim e suas irmãs ao colégio.

Passava das quatro e meia, e a sala de espera do Dr. Giovani ainda se encontrava lotada de clientes que esperavam ser atendidos. Quando houve uma brecha, sua secretária lhe falou:

— Dr. Ferri, não se esqueças de ir buscar teu filho. O padre Miguel acabou de chegar; pelo que eu entendi, ele quer ir junto com o senhor.

— Ah, claro, quase perdi o horário. Quantos clientes ainda me esperam?

— Tem cinco te aguardando, e mais dois para chegar.

— Nossa, explica a todos que eu vou precisar dar uma saída, logo retorno. Os que não forem graves, passa para o Inácio atender, e diz que depois eu ligo para eles.

— Ok.

Antes de sair com o padre, cumprimentou educadamente os clientes. A secretária explanou a situação, e todos entenderam, pois sabiam que ele jamais deixaria de atender alguém sem motivo.

— Meu caro amigo, como foste de viagem? — questionou o advogado ao religioso.

— Fui bem, vi muita fé e devoção, mas também presenciei muita miséria. Os nossos países da América do Sul têm cinturões de pobreza inimagináveis.

— Quando retornaste?

— Anteontem, fiquei dez dias fora.

— Não estás cansado?

— Jamais, estava ansioso para ir contigo buscar o Valentim e observar o nosso novo amigo em seu primeiro dia de aula.

— Então vamos indo.

Pegaram o carro na garagem e deslocaram-se conversando sobre as experiências do padre nos países vizinhos. Mais uma vez, o advogado se impressionou com o olhar atento e o discurso detalhado do religioso acerca de outros lugares e outras culturas.

Estacionaram o veículo quase em frente ao colégio. Faltavam cinco minutos para bater o sino; ficaram esperando no portão de saída dos alunos.

Giovani pôde notar que, a alguns metros de distância, um velho homem lhe observava dos pés à cabeça, olhando-o com sinais de ressentimento. Entendeu de imediato.

Padre Miguel, muito esperto, também constatou o que ocorria:

— Queres que eu fale com ele, explique que foste tu o responsável por ajudar seu neto?

— Jamais, padre, é direito dele sentir raiva de mim, e eu preciso compreender e conviver com isso.

Naquele clima de tensão, ouviram o sino bater. A aula havia acabado, e logo sairiam dali.

As primeiras crianças foram aparecendo. Miguel viu a alegria de seu amigo quando Valentim despontou ao fundo do pátio. Caminhava em meio a outros alunos; à sua frente, coincidentemente, vinha o filho da falecida Aurélia. Diferente dos outros colegas, calçava um tênis surrado, sem marca conhecida, mas tinha uma expressão de felicidade.

A poucos metros do portão que os separava da rua, Pedro Henrique tropeçou e caiu no chão.

— Posso te ajudar, meu amigo? Teu tênis está desamarrado — falou Valentim, estendendo-lhe uma das mãos.

— Pode sim, muito obrigado.

— Meu nome é Valentim, prazer. Como é o teu?

— Me chamo Pedro Henrique, acho que nós somos colegas.

Enquanto padre Miguel via aquela cena, abismado, concluiu em seu pensamento: "Em meio a este mundo selvagem, com cada vez menos princípios morais, talvez a inocência das novas gerações possa vir a ser a nossa salvação".

EPÍLOGO

A história vai seguir, trata-se de uma trilogia, e em breve os demais livros serão concluídos.

Como dizia o escritor francês Vitor Hugo: "O futuro tem muitos nomes. Para os fracos é o inalcançável. Para os temerosos, o desconhecido. Para os valentes é a oportunidade". E nesse sentido é que se dará o rumo da vida dos personagens desta obra.

Jerison enfrentará seus pesadelos, como consequência de seus atos infames e suas maldades. Talvez seja condenado, talvez absolvido, mas nunca poderá fugir de sua própria consciência.

O advogado Giovani Ferri, a princípio, vai prosseguir com sua carreira brilhante, mas, por incrível que pareça, isto não significa a felicidade plena: sua luta interna entre o seu trabalho e o certo a se fazer irá consumi-lo mais a cada dia. Em um dado momento, isso poderá acarretar que mude seu próprio trabalho.

Inácio verá sua carreira prosperar, porém, seu caráter permanecerá uma incógnita a ser desvendada no curso desses livros.

Padre Miguel, com sua fé inabalável, continuará a fazer o bem, e, cada vez mais, a se surpreender com as atitudes dos seres humanos.

E assim essas histórias seguem, tentando fazer com que o leitor entenda um pouco mais sobre as consequências de um crime e a natureza das pessoas.

DANIEL TONETTO
CRIME
EM FAMÍLIA

Confira a trilogia completa em
WWW.AVECEDITORA.COM.BR